二見文庫

好色な愛人

雨宮　慶

目次

好色な愛人

第一章　セカンド・ヴァージン

1

妻の寝室に明かりが灯っているようすはなかった。灯っていれば、ドアの下のわずかな隙間から廊下に漏れているはずだった。

時刻は午後十一時をまわっていた。

やっぱり、もう眠ってるのか……。

遊佐(ゆさ)はがっかりした。それ以上に困った。高まっている欲望の持って行き場がない。

こんなことは、遊佐にとってめずらしいことだった。それどころか久しくなかったことだ。

原因は、奈良岡令子だった。

この夜、遊佐誠一郎は、学生時代からの親友にして悪友でもある京田裕之と会った。京田は民放テレビ局のプロデューサーで、ふたりはしばしば連絡を取り合って、飲食しながら堅い話からたわいないこと——その多くは女のことだが——まであれこれ話す仲だ。

今夜も遊佐がそのつもりで待ち合わせのイタリアンレストランにいくと、京田はすでにきていた。が、一人ではなかった。かたわらに遊佐の見知らぬ女が座っていて、遊佐を見ると席を立った。

「やあ、紹介するよ。彼女はうちでディレクターをやってて、昼のワイドショーを担当している、奈良岡令子くん。彼が、話してた遊佐誠一郎だ」

彼女につづいて立ち上がった京田がそういってふたりを引き合わせると、

「はじめまして。奈良岡と申します」

と、彼女が一礼して名刺を差し出した。

「あ、どうも……」

思いがけないことに当惑していた遊佐は、あわてぎみにいって彼女の名刺を受け取ると、「遊佐です」と自分も名刺を差し出した。「ちょうだいします」といって彼女がそれを手にすると、

「では、初体面の挨拶がすんだところで、座って乾杯といこう」

京田がふたりをうながした。

当惑したものの、遊佐にはもう京田の魂胆がわかっていた。

三カ月ほど前だったか、京田からテレビ出演を持ちかけられたのだ。ワイドショーにコメンテーターとして出てくれないかという。遊佐は即座に断った。テレビに出ること自体いやだったし、ましてワイドショーのコメンテーターなんて遊佐自身、憶測や想像だけで勝手なことをいって平然としている鼻持ちならない輩だと、少なからず軽蔑していたからだ。

それでも京田は遊佐を口説きにかかった。そのたびに遊佐は断った。その結果、さすがに京田もあきらめたのか、このところその話をしなくなっていた。だから遊佐はもう終わったものと思っていた。

ところがディレクターを、それも遊佐に内緒で連れてきたということは、そうではなかったらしい。紹介でディレクターと聞いた時点で、遊佐はそう察したのだ。

案の定、乾杯したあとに「さっそくだけど」といって京田が切り出したのは、遊佐のテレビ出演の話だった。

これまでどおり、遊佐は断った。だが京田もさるもの、いままでにない出演条件や口説き方で迫ってきた。

当初京田は、遊佐の出演は自分が担当している朝のワイドショーに週一回といっていた。それに対して遊佐は断りつづけながら、「朝が極端に弱い俺には、かりにも朝の番組なんて絶対に無理だ」といったことがあった。

京田はそれをおぼえていて、昼のワイドショーへの出演を持ちかけてきたのだ。奈良岡令子は、その番組のディレクターだった。

もっともこの話には、さらに裏があった。「ぶっちゃけた話」といって京田が打ち明けたのだが、朝のワイドショーへの遊佐の起用の話は、遊佐の頑なな拒絶にあっていったん打ち切りになった。ただその直後、適任者が見つかり、番組としては事なきを得た。ところがこんどは昼のワイドショーに欠員が出た。コメンテーターの一人が病気で休むことになったのだ。そこでまたぞろ、遊佐の話が持ち上がったというのだった。

私立大学の社会学部の教授で、文化人類学を教えている遊佐は、これまでに単発でなんどかテレビに出たことはあった。どれもインタビューに答えるという形だった。

奈良岡令子はそれを見たことがあったらしい。

「すみません。先生がお話しされていた内容について詳しくはおぼえてないのですが、そのとき思ったことだけは、わたしはっきりおぼえているんです。いつか機会があったら、先生にぜひわたしが担当する番組に出ていただこうって」

彼女が熱っぽくそういうと、

「おいおい奈良岡くん、聞き捨てならない話じゃないか。それってきみ、遊佐に一目惚れしたってことじゃないか」

京田が茶々を入れた。

「やめてください、京田さん。わたしまじめに話してるんですから、冗談なんかいってからかわないでください」

令子が京田を睨んでいった。

そのやりとりを見ていて、遊佐は思った。——俺を口説き落とすために、京田かそれとも彼女も一緒になって考えた芝居じゃないか。

そうは思ったものの、令子からいわれたことが、なにより彼女に気に入られたことが強く頭に残っていて、遊佐はわるい気はしなかった。

考えてみれば、このときから遊佐のなかになにか生まれたといっていい。いや、厳密にいえば、令子の顔を見た瞬間に異変が起きたというべきだろう。その瞬間遊佐は、よくいう雷に打たれたような衝撃を受けたのだ。同時に令子に心臓をわしづかまれたようだった。

遊佐にとって五十二歳のいまに至るまで、こんな経験は初めてだった。

イタリアンレストランで飲食したあと、三人はバーにいった。そこで仕事だけでなくプライベートなことも話題になって、遊佐は令子についていくつかのことを知った。

令子は三十八歳で、バツイチの独身。結婚して五年目の二年ほど前に離婚したが子供はいない、ということだった。

「彼女には離婚がパワーアップの起爆剤になったようだ。それも仕事に関してだけど、いまは前にもまして仕事一筋って感じなんだよ。もったいない話だよな、こんなに魅力的な女性が……あ、これってセクハラか」

遊佐に向かって令子のことを話していた京田が、そこであわてて「撤回、撤回！」と手を振った。

遊佐と令子は顔を見合わせて苦笑した。このとき遊佐は、バーに移ってきたあたりから自覚していた胸のときめきを、はっきり感じていた。

令子はどちらかといえば個性的な美人というタイプだ。つまり、目鼻立ちが整った、いわゆる典型的な美人というわけではない。

もっとも、聡明さを感じさせる額、優美な眉、涼やかな目元、気品をたたえた鼻梁、蠱惑的な唇など、部分部分は美形のそれといっていい。それでいて、顔立ち全体としては、個性的な美人に見えるという、どこか不思議な魅力を持っている。やや小顔と、その顔によく似合っているショートカットのヘアスタイルが醸しだしている、すっきりとして垢抜けた雰囲気も、個性を引き立てているようだ。

それに令子はプロポーションもいい。遊佐とは初体面で、なにより目的は仕事の話だったからか、フォーマルにも通用するような黒いパンツスーツを着ていた。

そのため軀の線がはっきり見て取れた。

バーで飲みながら話している間、アルコールの酔いも手伝って、遊佐は令子を裸にして見ていた。見ているだけでなく彼女のセックスシーンを想像し、あれこれ妄想しているうちに分身が充血してくるのをおぼえていた。

そんな調子だから、令子から再度番組出演を求められると、むげに断ることができなかった。「考えさせてほしい」と遊佐は答えた。

それを見て京田が眼を見張り、ついでニヤッと遊佐の気持ちを見透かしたような笑いを浮かべた。

「ぜひ、いいご返事をお聞かせください。それもできれば早くお願いします」

令子は表情を輝かせ声を弾ませていうと、トイレに立った。すかさず京田が遊佐を肘で小突いて、

「現金なやつだなァ。俺にはあれだけ頑なに断ってたのに、どういうことだ？おまえさんも彼女に一目惚れしたのか。てことは、相思相愛じゃないか」

いかにもわざとらしく、あきれたようにいった。

「バカヤロー。彼女もいってたじゃないか、冗談はやめてって」

遊佐が苦笑いしていうと、

「ま、いいじゃないか。男としては、いい女に惚れるのはわるいことじゃない。ただ、おまえさんは妙に真面目なところがあるからさ、深みにだけは嵌まらないように気をつけろよ」

女にかけては遊佐よりもはるかに経験豊富で、結婚に関してもバツ2でいまは独身の、親友にして悪友でもある京田は、おもしろがっているように笑い返しな

がらもそう忠告した。

そこに令子がもどってきた。まだ仕事が残っていて、これから局に引き返すというので、遊佐たちも引き揚げることにした。

帰宅すると、居間の明かりは灯っていたが、妻も娘ももう部屋にいるらしく、姿はなかった。

遊佐はシャワーを浴びた。四月に入ったばかりだが、時と場合によっては入浴せずシャワーですませるようになっていた。

シャワーを使いながら、遊佐は奈良岡令子のことを思っていた。思っているうちにムラムラしてきて、浴室を出てからもそれがつづいていて、二階に上がったところで妻の寝室の前で立ち止まった。

遊佐の自宅は二階建ての４ＬＤＫで、一階にＬＤＫと遊佐の書斎、それにユーティリティがあり、二階の三つある部屋のうち二つは夫婦それぞれの寝室、あと一つは長女の部屋だ。遊佐夫婦には子供が二人いて、十九歳になる長男はアメリカの大学に留学中で、高校に入ったばかりの長女はこの家から通学している。

いま遊佐が寝室として使っているのは、もとは長男の部屋だったのだが、留学を機に夫婦は寝室をべつにすることにしたのだ。ちょうど妻の加寿絵が友達とカフェをやることになって、時間をやりくりするのにもそのほうが都合がいいというのもあってのことだった。

2

眠ってるのを起こしちゃまずいか。確か明日は、加寿絵は早番の曜日のはずだ。機嫌をそこねでもしたら、かえってめんどくさいことになる……。

そう思って明かりの灯っていない妻の寝室に入るのを躊躇しながら、遊佐は娘の部屋のほうを見やった。午後十一時ならば、娘の瑠璃子（るりこ）はまだ起きているはずだった。

二階の三つの部屋は、階段を挟んで振り分けになっていて、片側に妻の寝室、反対側に遊佐の寝室と瑠璃子の部屋が並んでいる。そのため、妻の寝室の声や物音がほかの部屋に聞こえる心配はさほどない。

だから夫婦の夜の営みは、妻の寝室で行っている。当初、遊佐がその気になったとき妻の寝室にいくのが遊佐だけでなく妻にとっても新鮮で、おまけに刺激的で、新婚時代というのは大袈裟にしてもそれなりにふたりとも燃えたものだった。

ところが一年ほど経ったいまはもう慣れて、そこまでのことはない。遊佐が妻の寝室にいく頻度も寝室をべつにする前にもどって、というより前よりも徐々に少なくなってきている。

ただ、今夜の遊佐はちがっていた。そんな新鮮で刺激的だったときと同じような心理状態にあった。

それでも妻の反応を考えてためらっているうちにふと、遊佐は焦った。もし娘に母親の寝室の前で思案している姿を見られたら、という心配が頭をかすめたからだ。

それなら早く自分の寝室に入ればいいようなものだが、遊佐はそうしなかった。できなかった。音を殺して妻の寝室のドアを開けると、中に入った。

室内はほの暗かった。枕元のスタンドのスモールランプが点いていた。

ベッドに横になっている妻の後頭部が見えた。加寿絵は遊佐に背を向けた状態で、完全に眠っているようだ。

遊佐はベッドのそばにいくと、バスローブを脱いだ。ボクサーパンツだけになると、早くも充血してきている分身で前が盛り上がっていた。

そっと布団をめくった。加寿絵はクリーム色のパジャマを着ていた。その腰の張りと尻のまるみが、遊佐にはいつになく悩ましく、煽情的に見えた。

妻の横にゆっくり滑り込むと、背後から軀を密着させた。

加寿絵はまだ気づかない。経験はないが、遊佐は夜這いをしているような気分になって興奮した。一気にペニスが強張ってきて、しかもそれが妻のむちっとした尻肉に当たってうずいた。

遊佐は内心興奮ぎみに驚いていた。ペニスがこんなに敏感に反応するのは、このところなかったことだ。五十をすぎたあたりから、勃起力が明らかに落ちてきているのを実感していた。

それがどうだ、いまは力強く勃起している！　男としての自信がよみがえってきて、遊佐は気をよくしながら妻の胸に手を這わせた。パジャマの上から胸のふくらみをとらえ、やんわり揉んだ。

「ううん……」

加寿絵が鼻声を洩らした。遊佐がかまわず乳房を揉んでいると、さすがに目覚め、弾かれたように振り向いた。びっくりした顔で遊佐を見て、

「あなた！　やだ、なに!?」

「ごめん。起こしちゃいけないと思ったんだけど、なぜかこんなことになっ

ちゃって、我慢できなくなったんだ」

いいながら遊佐は勃起を妻の尻に強く押しつけた。

「そんな、やだ、やめてッ。酔っぱらって変なことしないで」

「酒は飲んでるけど、酔っぱらっちゃいないよ」

ふたりとも抑えた声での応酬だ。身をよじって拒もうとする妻を、遊佐は強く抱きしめ、首筋に唇を這わせた。

「そんな、だめッ。わたし明日早いんだからだめよ」

加寿絵がのけぞってうわずった声でいう。

「わかってる。だから早くしよう」

いうなり遊佐は妻のパジャマのズボンの中に手を入れた。そのままショーツの中に差し入れた。

「だめッ、だめだってば」

うろたえた感じの妻にかまわず、わずかにざらついた感触の陰毛の、さらにその下に遊佐は手を滑り込ませた。柔襞の間に指を這わせ、そっとこすった。

「いや、やめて」

妻の声はふるえをおびている感じだ。当然のことに、加寿絵はまだ濡れていない。そのためクレバスの粘膜が指にひっついて、遊佐の指はスムースな動きができない。

それでも膣口のあたりに、わずかに湿り気があった。そこを指にとらえ、膣の中に指を挿し入れた。加寿絵が小さく呻いてパジャマの上から遊佐の手を強く抑えた。

膣の中は濡れているというほどではないが潤んでいる。そのまま指で中をこねたりこすったりしようかと思ったが、遊佐は思い直して指を抜き、潤みのついた指先でクリトリスをこねた。以前ほどではないにしても加寿絵はクリトリスが過敏で、クリトリスへの刺激で濡れやすいことがわかっていたからだ。

「ううん、だめ、だめよ……あん……うふん……ああん……」

遊佐がクリトリスをこねはじめて早々に、あれほどいやだのだめだのといって拒んでいたのがウソのような反応を、加寿絵は見せはじめた。それも感じた声だけでなく、さもたまらなそうに腰をうごめかせている。

なによりクリトリスはコリッとした尖りが遊佐の指先に感じ取れるほど膨れて勃ってきて、それにときおり遊佐が指でなぞっているクレバスは女蜜でヌルヌルしている。

後背側位の体勢で行為をつづけている遊佐は、そこでいったん妻のショーツの中から手を引き揚げ、妻を仰向けにするとパジャマのズボンをショーツごと脱がしにかかった。

加寿絵はもういやがらなかった。それどころか、はっきり興奮し欲情しているとわかる表情で腰を持ち上げて、脱がされるのに協力した。

パジャマの上着だけを着て下半身を露出した状態になった。その格好とやや脂肪がついている白い腰部と濃いめの陰毛が、遊佐の興奮と欲情を煽った。

遊佐は妻の脚を押し分けると、股間に顔を埋めた。

「だめッ。あなた、もうきてッ」

加寿絵が腰をうねらせて求める。明朝のことを考えて早く行為を終わらせたいと思ってか、それとももうペニスがほしくてたまらなくなってか。この反応を見れば、両方かもしれない。そう思いながら遊佐は両手で肉びらを分け、クリトリスに舌を這わせた。

「アンッ――!」

加寿絵の腰が弾んだ。遊佐は舌で肉芽をこねまわした。すぐに加寿絵が抑えた泣くような声を洩らしはじめた。

舌を使いながら、考えてみれば、と遊佐は思った。

――ここ二週間、そう、半月ほどシテいない。奈良岡令子に一目惚れしたといっても欲情までしたのは、そのせいかもしれない。実際、このところ回数はすっかり減ってきている。月にせいぜい二回あればいいほうじゃないか。加寿絵はどう思っているんだろう。不満に思っているんだろうか。

早々に切迫してきた加寿絵の息遣いと感泣が、欲求不満が爆ぜているかのように遊佐には思え、肉芽を弾いている舌の動きがひとりでに速まった。

「ダメッ、イクッ……イクイクッ……」

呻くようにいって加寿絵がのけぞり、感じ入った声で絶頂を告げながら腰を律動させる。

遊佐は上体を起こした。加寿絵は放心したような表情で息を弾ませている。フェラチオさせようかと遊佐は思ったが、さきほど「もうきて」といった妻の言葉が頭をよぎって思い直し、妻の脚の間に腰を入れた。

最近になく力強さがみなぎっているペニスを手にすると、亀頭で肉びらの間をまさぐった。亀頭が女蜜にまみれた粘膜でくすぐられる。

「アアッ……」

加寿絵が悩ましい表情を浮かべて腰をうねらせる。遊佐を見るその眼つきも腰つきも、必死に求めているそれだ。

膣口に亀頭を宛がうと、遊佐は押し入った。怒張が蜜壺の中にヌル～と滑り込み、加寿絵が昂った喘ぎ声を放ってのけぞった。

遊佐は腰を使った。それに合わせて加寿絵が抑えた感じの、そのぶん懸命に快感をこらえている感じの喘ぎ声を洩らす。苦悶の表情を浮かべた顔にも、それが現れている。

怒張を抜き挿ししながら遊佐は、奈良岡令子の顔を思い浮かべた。こういうとき彼女はどんな顔をするんだろう。それに彼女の裸は、アソコは、どんな感じなんだろう……。

そんなことを想って興奮と欲情を煽られていると、加寿絵が感泣しはじめた。

「どうした？ ん？」

遊佐が訊くと、

「いいのッ。でも、もうだめッ、だめよ……ねッ、一緒にイッて」

泣き顔で息せききって訴える。

遊佐は妻の反応にいささか驚いた。イキそうになるまでの早さといい、遊佐と一緒にイクのを求めたことといい、これまでの妻にはなかったことだ。

行為を早く終わらせようという感じではないから、やっぱり欲求不満が溜まっていたのか。そう思った遊佐は、妻に軀を重ねて抱きしめ、腰を使いながら耳元で囁いた。

「加寿絵だけでもイッていいよ。ほら、イッてごらん」

「アアッ、だめッ……だめだめッ、ああんイクッ、イッちゃう！」

遊佐の攻めたてる律動に、加寿絵が怯えたようにいいながら昇りつめ、反り返った軀をわななかせる。

そのようすや声や言葉を、遊佐は奈良岡令子に重ねた。そうすることで、さらに興奮をかきたてられて、遊佐も快感をこらえられなくなった。我慢を解き放って妻を突きたてていった。

3

自分の身に起きた変化に、遊佐は戸惑っていた。困惑もしていた。まさか五十をすぎてこんなことになろうとは、思いもしなかった。

遊佐自身、悪友の京田ほどではないにしても、それなりに女の経験はあった。もっともここ十年ちかくは聖人君子とはいかないまでも、それにちかいほど真面目にやってきていたが、一目惚れや恋がどういうものか、そしてそのために病に罹ったような状態になるのがどれほど愚かで滑稽なことか、経験的にも充分わかっていた。

にもかかわらず、いまの遊佐は『わかっていた』というのではなく、『わかっているつもりだった』といったほうがいい精神状態に陥っていた。いや、『わかっていなかった』というべきかもしれない。

一目惚れや恋は、もとより理屈ではない。アドレナリンの突然の過剰分泌や熱病のようなものだ。経験と年齢とともにそれがわかってきて、それをコントロールできるようになる。それが分別というものだ。

これまで遊佐はそう考えていた。そして自分には分別がそなわっていると、当然のことのように思っていた。

それがどうだろう。いちど会っただけの奈良岡令子に一目惚れして恋に落ちてしまい、すっかり心を乱されているのだから、なにをかいわんやだった。

ただ、ここまでで終われば、どうということはない。突然、季節外れの、それもかなり強いインフルエンザに罹ってしまったが、なんとか治ったですむ。

ところがそんな兆候はまったくといっていいほどない。それどころか、重症のまま、しかも治す薬もない、という状態がつづいている。

そのうえ遊佐は、病状がますます深刻化しかねないことをしていた。初めて奈良岡令子と会ってから四日後のことだった。令子に電話をかけ、テレビ出演をOKする方向で話を詰めたいと伝えて、会う約束をしたのだ。会う日時は遊佐の都合で決めたが、場所は令子が指定した。

それが昨日のことで、令子と会うのは明日の午後七時、場所は四谷の寿司屋になっていた。

場所が寿司屋になったのは、電話で話しているとき令子が「お食事はなにかご希望がおありですか」と訊くので、遊佐が「そうだね、寿司がいいかな。奈良岡さんはどう？」と訊き返すと、「わたしもお寿司好きです。では適当なお店をあたって、折り返しお知らせします」ということで決まったのだった。

令子と会うことになってからの遊佐は、それまで以上に浮かれてしまった。四六時中、令子のことが頭から離れず、大学で講義中でさえ半分上の空で、まさに恋の病の、それも高熱に冒されているような状態に陥っていた。

遊佐自身、自分がどういう状態にあるか、よくわかっていた。そのために困惑していたが、だからといって浮かれた気持ちを抑えようとは思わなかった。なぜかといえば、分別も家庭も社会的な立場もある身で、ここまで恋の病に冒されしまっていることが譬(たと)えようもなく新鮮で、なにものにも替えがたいほど貴重なことのように思えるからだった。

約束の日、遊佐は待ち合わせの時間の五分ほど前に寿司屋に入っていった。

奈良岡令子はすでにきていて、カウンターの席に座っていた。遊佐を見ると笑みを浮かべて立ち上がり、一礼して、

「あらためてご連絡ありがとうございました。今日はよろしくお願いします」

そういって、どうぞ、と隣の席をすすめた。

「こちらこそ、よろしく……」

遊佐も笑みを返して席に腰を下ろした。

店内はコの字状にカウンターがあるだけで、十人たらずの客で満席になる感じだが高級感のある寿司屋だった。客は令子のほかに男の二人連れと一組のカップルがいた。四人はみんな遊佐とほぼ同じ年頃だった。

遊佐と令子は〝おまかせ〟で寿司を握ってもらうことにして、飲み物はビールを注文した。ビールが出て、乾杯すると、

「肝心なお仕事のお話は、お食事が終わってからさせていただきたいと思っているんですけど、それでよろしいでしょうか。あ、その前に、このあと、お話ししやすい静かなバーにお連れしようと思っているのですが、先生のご都合とかお時間とかいかがですか」

令子が訊いてきた。

「結構ですよ。奈良岡さんなら、朝までだって付き合いますよ」

「……恐れ入ります」

遊佐が故意に真顔でいうと、令子は笑いをこらえたような表情でいった。いかにも大人の女らしい切り返しに、いいね、というように遊佐が笑いかけると、令子もふっと苦笑した。

向かいにいる二人連れの男たちが、さきほどからちらちらこっちを見ているのに、遊佐は気づいていた。遊佐と令子がどういう関係なのか興味をそそられ、あれこれ推測し合って、それも酒の肴の一品にしているのかもしれない。もっとも遊佐の横にいるのが、令子ほど魅力のない女だったら、ここまで彼らの気は引か

なかったはずだ。そう思うと、遊佐はわるい気はしなかった。それどころか二人の男たちに対して優越感をおぼえた。

寿司をつまみながら、ビールを日本酒にかえて猪口を口に運びつつ、ふたりは遊佐の専門の文化人類学について話していた。令子が以前から文化人類学に興味があったといって、訊いてきたからだった。

遊佐の場合、文化人類学の基本ともいうべきフィールドワークを行ってその成果をまとめたり発表したりする学者とはちがって、文化人類学とはどういうものかを教えるのが仕事だった。

ただ、いくら令子が興味を持っているといっても遊佐自身、彼女との貴重な時間をそんな色気のない話で費やしたくなかった。だから、できるだけ簡単に説明したあと、あるエピソードを紹介した。

「これは外国の文化人類学者が著書の中で書いてるんだけど、彼は文化人類学者ことを、人間社会の〝出歯亀〟だといってるんだよ。ぼくは、まさにいいえてると思うね」

「デバガメって、あの覗きのですか」

令子が呆気に取られたような表情で訊く。

「そう。いろいろな民族や文化などを、飽くなき興味、好奇心から覗き見る。そういうところが文化人類学者にはあるからね」

「じゃあ遊佐先生もそうなんですか」

「いや、さっきもいったようにぼくは文化人類学のナビゲーターのようなものだから、そこまで強い興味や好奇心はない。ただ、文化人類学的な考察をすることはあるけどね」

「例えば、どんなことですか」

すかさず令子が眼を輝かせて訊いてきた。

遊佐は笑っていった。

「奈良岡さん、文化人類学者に向いてるよ」

令子は苦笑いした。

「ありがとうございます。でも無理です、わたしの興味や好奇心はそんな高尚なものではなくて、仕事柄、野次馬的なものですから」

「野次馬的も出歯亀的も似たようなものだよ。ちがう？」

遊佐が顔を覗き込んで訊くと、

「ええまあ、そういわれれば……」

あいまいな表情でうなずく。

「文化人類学でね、人の文化を考える場合、男女関係やセックスがテーマになることもある。それを調査したり研究したりすることを、ぼくは高尚だとも下賤だとも思わない。要は、その結果を第三者がどう判断するかだけだと思う。奈良岡さんのいう野次馬的な興味や好奇心も、それと同じようなものじゃないかな」

「そうですね、おっしゃるとおりだと思います」

「で、考えが一致したところで、さっき奈良岡さんに『例えば、どんなことですか』って訊かれた、ぼくの文化人類学的考察の話にもどるんだけど……」

遊佐が笑ってそこまでいって令子の反応をみると、彼女も笑みを浮かべて「はい」と応える。

「どんなことかというと、主に男女関係で、恋愛や結婚やセックスなど。そういうテーマに、文化人類学的にはどういうアプローチをするか、というのを学生たちに講義するわけです。どうしてこういうテーマを選んでるかわかりますか」

「……やっぱり、遊佐先生が興味がおありだからですか」

ちょっと考えてから令子は答えた。

「そう。ただ、もう一つ理由がある。なんだと思います？」

「えー？　なんだろう……わかりません」

「そういう柔らかいテーマのほうが、学生のウケがいいからです。とくに〝時代とともに変わってきたセックス〟なんてテーマになるとね」

「あ、そうか、そうでしょうね。わかります」

令子は手を叩かんばかりの反応を見せ、

「わたし、先生の講義を受けたくなりました」

と、愛想ばかりとは思えないようすでいう。

「どうぞ。歓迎しますよ。そのかわり、教室の隅のほうに座っててください。前にいられると、ぼくが舞い上がっちゃって講義にならない」

「そんな……」

笑みを浮かべて見合ったふたりの視線がからみ合った。それも妙に艶かしい感じで。遊佐にはそう思えて胸がときめいた。

寿司屋を出ると、令子がいっていたとおり、彼女は遊佐を洒落たバーに案内した。店内全体がブラックとグレーの色調で統一されて、控えめな照明の、静かにジャズが流れている落ち着いた雰囲気の中に、カウンター席とボックス席があった。カウンターの中には、二人のバーテンダーがいた。

遊佐と令子は、ボックス席にテーブルを挟んで向き合って座った。カウンター席とどちらがいいか令子に訊かれて、遊佐がボックス席を選んだのだ。並んで座るよりそのほうが令子を正面から見ることができるからだった。

ふたりは遊佐がバーボンの水割りを、令子がカクテルのモヒートを頼んだ。

この夜の令子は、モスグリーンのスーツを着ていた。上着の下には白いVネックのカットソー、スカートは膝丈のタイトだった。

あらためて乾杯したあと、令子が肝心な話を切り出してきた。遊佐自身、番組への出演はもう決めていたので、話は簡単だった。出演する曜日を決めたら、あとは局入りする交通手段や時間など細かいことを打ち合わせすればよかった。

遊佐は令子が話すことにときおり相槌を打ったり確認を取ったりしながら、魅力的なディレクターを観賞していた。

それだけではない。白いカットソーの胸を盛り上げている、いかにもきれいな形を保っていそうなバストや、官能的な熟れが見て取れる腰の線や、タイトスカート越しにもそれがわかる太腿や、そしてスカートから覗いているすらりとした脚など、舐めるように見ているうちに、令子と初めて会ったあの夜の、妻とのことが頭に浮かんできて、さらに生々しいことも想像していた。令子を裸にして見ていたのだ。

その想像は、令子を観賞しているうちに生まれていた遊佐の興奮を、一気に高めた。同時に遊佐を戸惑わせもした。五十をすぎた男の分身が、熱く充血してきたからだった。

「先生、おかわりいかがですか」

令子に声をかけられて、遊佐は内心あわてていった。

「そうだね、同じものをもらおう」

興奮で喉が渇いて知らず知らず飲んでいたらしい。グラスは空になっていた。

4

昼のワイドショーへの遊佐の出演は週一回、木曜日だった。

コメンテーターとして三回の出演をそつなくこなした二日後の土曜日の夜、遊佐は令子とホテルのレストランにいた。遊佐が令子をディナーに誘って、令子がそれに応じたのだ。

この間、遊佐は二度令子をディナーに誘い、二度とも振られていた。といっても令子がいやがってのことではないのはわかっていた。仕事で都合がわるかったのだ。

もしいやがられているのがわかっていたら、いくら令子に熱を上げている遊佐としても、二度はともかく、三度は誘わない。脈がないと判断してあきらめる。男と女の関係というものを考えたら、あきらめざるをえない。それをゴリ押ししていると、ストーカーになってしまう。文化人類学を専門にしているいないにかかわらず、そういう分別は遊佐も持ち合わせていた。

それでも令子とは仕事の現場で会っていたし、打ち合わせなどで言葉も交わしていた。それに初めて遊佐がテレビ出演した日の夜、令子をはじめ番組スタッフたちから歓迎会を開いてもらってもいた。

そして、三度目の誘いでやっと念願がかなったのだ。令子とふたりきりで会うのは、番組出演を決めたあの夜以来だから、およそ一カ月ぶりだった。

この夜、令子はツイードのスーツを着ていた。白とグレーと黒が織り交ぜられた微妙な色の上品なデザインのスーツで、そのノーカラーの上着を肩に羽織った格好でレストランに入ってきたのを見たとき、遊佐は思わず眼を見張った。いかにも忙しく立ち働いているキャリアウーマンふうの颯爽とした感じと、品のいいセレブな人妻を想わせる雰囲気という、まったく異なった印象を、なぜか同時に受けたせいだった。

ふだん令子が身につけているファッションは、仕事柄か、活動しやすそうなものが多い。服装だけでなくアクセサリーの類もそうで、小さなピアスとシンプルなブレスレットはしているが、ネックレスをしているのを遊佐は見たことがなかった。それが今夜はパールのネックレスをつけていた。

令子がワインの最初の一口を飲んでグラスを唇から離すのを待って、遊佐はいった。

「さっき奈良岡さんがこの店に入ってきたとき、驚いたよ」

「え!? どうしてです?」

令子がグラスを手にしたまま訊く。

遊佐は、いままでにないファッションと、なによりまったく異なった印象を受けたことを話した。すると、令子はおかしそうに笑って、

「品のいいセレブな人妻なんていわれたの、わたしはじめてです」

「そう。でもそういうふうに見えるところが、奈良岡さんの魅力なんだよ。いま

までもセンスがいいと思ってたけど、今日はまたちがったセンスのよさを見せてもらって、とてもすてきだよ」

「やだ、そんなことといわれたら、お世辞だとわかっててもワイン一杯で酔っちゃいそう」

令子が照れ臭そうに笑っていう。

「いいね。お世辞と思われようとなんだろうと、ぼくとしては奈良岡さんを酔わせることができれば、首尾は上々だ」

遊佐はテーブルを挟んで向き合っている令子の顔を覗き込むようにしていうと、令子は戸惑ったような表情を見せたが、ふっと笑って、

「てことは、先生、なにか企んでいらっしゃるってことですか。それもいけないことか」

秘密めかしたような、同時に揶揄するような眼つきで遊佐を見返して訊く。

そのドキッとするほど色っぽい眼つきに遊佐は一瞬気圧(けお)されたが、すぐに気持ちを立て直し、笑い返していった。

「もちろん。こんな魅力的な美女とワインを飲みながらフランス料理を食べていて、なにも企まない男がいたら、それは不能者かオカマだ。その企みがいけない

ことか、あるいはいいことかには関係なく、ね」

令子がなにかいいかけたとき、料理が運ばれてきた。

「まずは食事を……」

どうぞ、と遊佐が手で示すと、令子は笑みを浮かべてうなずき、ナイフとフォークを手にした。

ふたりは黙って料理を口に運び、ワインを飲んだ。いままでにない空気がふたりの間に横たわっているのを、遊佐は感じていた。それもどこか艶かしい、遊佐にとっては好ましい空気が。

そのうち番組の話になった。遊佐の評判は局内でも視聴者にも上々、この人気があればもっと辛口のコメントがあってもいい、むしろそのほうが遊佐の個性が強く出てますます人気も出るという令子に、あまり人気が出て顔を知られては困る、悪いことができなくなるからと遊佐が冗談と本音が半々のことをいったりしているうちに、メインディッシュがきて、いったん会話が途切れた。

牛ヒレ肉のステーキをたべ終わってワインを飲んでから、令子がいった。

「先生、わたしのプライベートなこと、京田さんからお聞きになっています？」

「プライベートなこと？　いや、はじめて会って京田に紹介された、あのとき聞いたことしか知らない。どうして？」

遊佐は訊き返した。

「京田さんと先生は、学生時代からの親友であり悪友でもあるってことでしたから、なにかお聞きになっているんじゃないかと思って……」

「京田とは、ぼくがはじめて番組に出たとき電話で話しただけで、ここしばらく話してないんだよ。それより奈良岡さんのことで、ぼくが京田から聞いちゃまずいことでもあるの？」

「あ、いえ、そういうわけでは……」

令子はちょっとあわてて言葉を濁した。

「もしかして京田がぼくに、奈良岡さんの恋人のことでもいったんじゃないかと思ったんじゃないの？　それも彼女には彼氏がいるから、口説くのはやめとけとか」

「そんな！　そんなこと思いませんし、第一、彼氏なんていませんから」

冷静な令子にしては妙に気負っていった。

「よかった。ホッとしたよ」

「……どうしてですか」

怪訝な表情で訊く令子に、遊佐は笑いかけて答えた。

「口説けるから」

「それが、先生の企みだったんですね」

令子がうつむいて訊く。

「そう。もっとも正直いうと、口説き落とせる可能性はほとんどないんじゃないかと思ってる……」

遊佐が自嘲ぎみにいうと、

「ないことは、ないと思います」

うつむいたまま、令子がつぶやくようにいった。

パッと表情が輝くのが、遊佐は自分でもはっきりわかった。こういう展開はまったく予想外だった。もちろん期待はしていた。そして、期待どおりにいったときのための手も打っていた。

令子は遊佐がいままでに見たことのない表情をしている。思い詰めたような硬さのなかに艶めいた色が浮かんでいるような──。

遊佐は単刀直入にいった。

「このホテルに部屋を取ってる。一緒にきてほしい」

果たして、令子は小さくうなずいた。それを見て遊佐は年甲斐もなく、胸が激しく高鳴ってきた。

5

チェックインしておいた部屋に入ると、遊佐は令子の肩に手をかけた。令子が軀を硬くするのがわかった。

令子の肩を抱いたまま、ツインルームの中程までいくと、遊佐は彼女と向き合った。

「わたし、まだ迷ってます。遊佐先生と、こんなことをしていいのかって……」

令子が遊佐の胸のあたりを見つめたまま、つぶやくようにいった。

なにをいおうとしているのか、遊佐はすぐにわかった。

「いいかわるいかってことでいえば、わるい。それもぼくが一番わるい。でもだからといって、奈良岡さんをほしいという気持ちを、ぼくは抑えることはできない。奈良岡さんが迷っているのは、妻のことを考えてくれているからだろうけど、きみの気持ちを聞かせてほしい。ぼくとのことがいけないことだと思ったら、この場から逃げ出すつもりなの？」

遊佐がいうのを令子はうつむいて聞いていたが、小さく横に顔を振った。

その顔を、遊佐は両手でそっと挟み、仰向けた。たがいに見つめ合った。令子は燃えるような眼をしている。ふたりの情熱がからみ合っているような艶かしい感覚を遊佐がおぼえていると、令子が眼をつむった。

ピンク色のルージュを引いている蠱惑的な唇に吸いよせられるように、遊佐は唇を重ねていった。

令子の柔らかい唇を味わいながら、背中にまわしている両手の片方をヒップに下ろしていき、スカートの上からむっちりとした尻肉を撫でる。

「うふん……」

甘い鼻声を洩らして令子が腰をもじつかせる。

二年前に離婚して、いま恋人はいない、ということだった。恋人がいなくてもセフレがいることもある。ただ、令子はセフレを持つようなタイプには思えない。そう見えても女はわからないと考えるべきだが、離婚してからの彼女は仕事一筋だと京田はいっていた。もしそうだとしたら、セックスのほうはどうしているんだろう。欲望を解消していなければ、結婚を経験している三十八歳の女だ、不満が溜まっていてもおかしくはない。

そんな想像に欲情を煽られながら、遊佐は令子の唇を割って舌を差し入れ、彼女の舌にからめていった。

すぐに令子も舌をからめ返してきた。それも熱っぽくじゃれつかせるように。さらに濃厚なキスで興奮を煽られているらしく、せつなげな鼻声を洩らして腰をくねらせる。

腰の動きは、どちらかといえばキスのせいではなさそうだ。遊佐のズボンの前が早くも突き出していて、それが令子の下腹部に当たっているせいらしい。しかも彼女から下腹部を遊佐の強張りにこすりつけてきている感じだ。

キスをつづけながら、遊佐は手早くスーツの上着を脱いでベッドの上に放り投げ、ついで令子の上着も同じようにすると、彼女の手を取って自分の下腹部に導いた。

ズボン越しに手を強張りに触れさせると、令子は顔を振って唇を離した。

「ああ……」

ふるえをおびたような喘ぎ声を洩らして、手で強張りを撫でる。

令子は遊佐の肩に顔を埋めている。そのため遊佐は彼女の表情はわからない。

それでも乱れた息遣いから、ひどく興奮しているのがわかる。

「久しぶりのペニスみたいだけど、そうなの？」

耳元で囁くと、令子はうなずいた。

その反応に遊佐も興奮を煽られた。両手で令子のスカートを腰の上まで引き上げると、ヒップを撫でまわした。どうやら、つけている下着はパンストにショーツのようだ。ヒップの側からパンストの中に手を差し込むと、そのままショーツの中まで入れて、尻の割れ目に侵入させた。

「アッ、だめ……！」

令子がうろたえたような声でいって腰をくねらせた。

「おお、すごいことになってる」

「いや」

短い小声に、そのぶん羞恥が強く感じられる。

遊佐は驚いていた。手が触れているクレバス一帯、まるで失禁でもしたように濡れているのだ。

もともと濡れやすい体質だとしても、この段階でこの濡れ方はふつうではない。濡れやすい体質と欲求不満が一緒になってのことではないか。

遊佐がそう思ったとき、

令子がせつなげな声を洩らした。腰をたまらなそうにもじつかせている。濡れてヌルヌルしているクレバスを、遊佐が指でこすっているからだ。

「ああん……」

遊佐はまた驚いた——というより驚かされた。令子の手がズボン越しに強張りをまさぐってきているのだ。さっきは遊佐にうながされておずおずと触っている感じだったが、いまは触りたいという令子の意思がはっきり感じられる手つきでそうしている。

そのとき遊佐はふと、煽情的なシーンを思い浮かべた。が、それを実行するのはためらわれた。なにしろ令子とはこれがはじめてだ。いきなりそんなことをしたら、いやがられる可能性大だろう。そんなことになったら、台無しだ。ここは下手に欲をかかないで、オーソドックスにいこう……。

そう思って令子の服を脱がそうと、遊佐が彼女の肩に手をかけたとき、思いがけないことが起きた。あろうことか、令子がそのまま膝を折って、遊佐の前にひざまずいたのだ。

遊佐が呆気に取られて見ていると、令子が両手を遊佐のズボンのベルトに伸ばしてきた。

『奈良岡さん！』――思わず声を発しそうになった瞬間、かろうじて止まった。声をかけたら令子が冷静さを取り戻して行為をやめてしまう気がしたのだ。遊佐のズボンの前を凝視している令子は、まるで興奮と欲情に取り憑かれているかのような表情をしている。

『うそだろ……』

遊佐は唖然として、胸の中で若者のような言葉をつぶやいた。令子がベルトを緩め、チャックを下ろしていくのだ。

遊佐が受けているのは、驚きというようなレベルのものではなかった。強烈な衝撃だった。

魅力的なアラフォーの敏腕女性ディレクターが、スカートは腰の上まで持ち上がっているとはいえ着衣のまま、はじめての情事の相手である遊佐の前にひざまずき、フェラチオをしようとしているのだ。まさに眼を疑う状況だった。

もっとも、さきほど令子がズボン越しに強張りをまさぐってきたとき、遊佐がふと頭に浮かべて、だが無理だと思い止まったのは、これとまったく同じシーンだったのだ。それだけに遊佐としては、目の前で起きていることが衝撃的であると同時に信じがたいことにも思えるのだった。

だがもちろん夢でも幻でもなかった。遊佐はゾクッとした。チャックが開いたズボンの前から令子が手を差し入れて、強張りを取り出したのだ。

ペニスは、令子のフェラチオを予感したときからさらに熱く充血してきて、遊佐の能力ではほぼ完全な勃起状態を呈していた。肉棒と化しているそれに、令子がそっと両手を添えると、唇を近寄せてきた。きれいな形の唇が怒張の先にわずかに触れたところで眼をつむると、唇を開いて舌を覗かせ、テカッた小豆色の亀頭にねっとりとからめてくる。

ゾクゾクする快感に襲われながら、遊佐は令子を見下ろしていた。令子は肉棒を丹念に舐めまわしている。それも舌だけでなく唇も使ってなぞるようにしながら。

遊佐は思った。――これが令子じゃなかったら、なんだこの女は、とんでもない淫乱女かと呆れ果てただろう。令子の場合はまったくそんなことはない。逆にすこぶる煽情的だ。これも令子が持っている魅力のなせる業だろう。

やがて令子が肉棒をくわえ、顔を振って口腔粘膜でしごきはじめた。ひとしきりしごくと口から出して、また怒張を舐めまわす。そしてそれを繰り返す。

そのテクニックはなかなかのものだ。もっとも三十八歳という年齢や結婚していたことなどを考えれば、意外というのは当たらない。

それよりも遊佐は、令子が持っているだろう性的な素質に注目した。というのもフェラチオをしている令子の、興奮に酔っているような表情に、上質なそれが見て取れたからだ。

セックスについていえば、女性には大きく分けて三通りのタイプがある、と遊佐は考えている。遊佐自身が調査したり、ほかの調査を参考にしたりした結果で、一つはセックスが『好き、またはどちらかといえば好き』なタイプ、もう一つは『嫌い、またはどちらかといえば嫌い』なタイプ、あと一つは『どちらともいえない』タイプだ。

三通りの比率は、男からすると『好き、またはどちらかといえば好き』が多くあってほしいと願うところだが、残念ながらそうはならなかった。一番多かったのは『どちらともいえない』で、それと『嫌い、またはどちらかといえば嫌い』を合わせると、『好き、またはどちらかといえば好き』をかなり上回っていた。

また、この調査では、セックスが好きか嫌いかという問いに併せて、オルガスムスの経験の有り無しも訊いていた。双方が深く関係するからだ。その結果は、オルガスムスの経験がある女性は、総じてセックスがきらいではない。逆に経験のない女性がセックスが好きなケースはまずない、ということだった。

そこからいえるのは、大半の女性はあまりセックスが好きではない、そしてオルガスムスを経験していないという、いささか驚くべき事実だ。

それでも相手の男が好きになればセックスするし、オルガスムスに至らないまでもそれなりに感じたり、あるいは感じなくても感じたふりをする。そういう女性は意外に多いのではないか。その点、女の歓びを知っていて、セックスが好きという女性は、女性としても恵まれているといえる。それに男から見たら、とても魅力的だ。そんな女性が相手なら男もぞんぶんにセックスを楽しむことができるから。

そう遊佐は考えていた。そして、目の前でフェラチオにふけっている令子に、そういう女性が有している性的な素質を見ていたのだ。

その見立ては、まちがってはいなかった。

フェラチオしているうちに令子はますます興奮が高まってきたらしい。凄艶な表情を見せて、ときおりせつなげな鼻声を洩らしている。そればかりか、さもたまらなさそうに腰をうごめかせている。

上から見下ろしている遊佐には、タイトスカートが腰の上まで持ち上がって露出している令子のヒップが見えていた。その、肌色のパンストの下に黒いレースのショーツが透けているまろやかなヒップのうごめきは、軀のうずきを、さらにいえば子宮のうずきを訴えているようだ。

遊佐は興奮を煽られて快感をこらえきれなくなった。令子を押しやった。怒張が口から滑り出て弾み、令子が喘いだ。発情の色が浮き立ったような表情で、目の前の怒張を凝視している。遊佐は抱いて立たせた。令子は立っているのがやっとだった。

6

両手を背中にまわしてショーツとペアらしい黒いブラを外そうとしている令子の後ろ姿に、遊佐は眼を奪われた。

ブラのほかにはショーツをつけているだけの後ろ姿は、色白の艶のある肌といい、ほどよく肉がついて均整が取れた軀といい、まさに官能美の極致というべき魅力をたたえている。

とりわけウエストのくびれから腰のひろがりにかけての悩殺的なラインや、チャーミングな尻笑窪がある尻のむっちりとしたまるみからは、三十八歳の熟れた女体の濃厚な色香がにじみ出ているようで、いやでも遊佐の股間をうずかせる。

そんな遊佐を尻目に、ブラを取った令子がベッドに上がり、ゆっくり仰向けに寝た。すでに全裸になっている遊佐もベッドに上がると、令子に添い寝する格好で横になった。

令子は両腕を胸の上で交差して、恥ずかしそうに遊佐からわずかに顔をそむけている。それでも顔から昂りの色は消えていない。羞恥とその色が混ぜ合わさってか、艶かしい表情に見える。

遊佐は令子の頬に手をかけて向き直らせ、キスにいった。わずかに唇同士を接触させただけで舌を入れ、令子の舌にからめていくと、彼女もすぐにからめ返してきた。

ふたりの舌が熱っぽくからみ合って、令子が甘い鼻声を洩らす。遊佐はキスをつづけながら彼女の腕を胸の上からどけると、手で乳房を愛撫した。量感も弾力もほどよい感じの乳房を揉んでいると、令子が快感を訴えるようなせつなげな鼻声を洩らし、さらに熱っぽく舌をからめてくる。

遊佐は令子の手を取ると怒張に導いた。令子の手がそっと怒張を握ってきた。唇を離して遊佐は令子の顔を見た。さっきよりも昂りの色が強まっている。

「久しぶりってことだけど、どれくらいご無沙汰なの？」

もうしこって勃ってきている乳首を指先でくすぐりながら、遊佐は訊いた。

「……離婚してから、ていうか、その少し前から……」

令子が悩ましい表情をうかべて、うわずった声でいう。

「てことは、二年以上になるってこと？」

うなずく。

「こんなに感じやすくて、それに奈良岡さんはどうやらセックスがきらいじゃなさそうなのに、それでよく我慢できてたね。ああ、こんな言い方をすると誤解されるかもしれないので断っておくけど……」

そういって遊佐は補足した。自分から見て令子が女性として性的に恵まれていると察知したこと、そしてそれは男にとってはとても魅力的なこと——そういうことを踏まえていっていることで、けっして揶揄しているわけではないと。

「わかってます。……ただ、先生もう、『奈良岡さん』はやめてください」

乳房を愛撫したり乳首を指でくすぐったりしつづけている遊佐に、繰り返しのけぞりながら、喘ぎをこらえた表情と声で令子がいう。

「なんて呼べばいい？」

「令子って……」

うわずった声でいって令子が身をくねらせた。それも乳房に生まれる快感が下半身にまでおよんでいるかのように、きれいな脚をすり合わせて。

「じゃあ令子のすべてを見せてもらうよ」

いって遊佐は彼女の下半身のほうに移動していくと、腰部を見た。優美にひろがる腰、黒いレースのショーツ、こんもりと盛り上がっているショーツの股の部分。煽情的なその眺めに怒張がうずくのをおぼえながら、遊佐は両手をショーツにかけた。

この瞬間は、セックスで男が最高に興奮する場面の一つだ。そう思っている遊佐は、ゾクゾクワクワクしながらショーツを下ろしていく。令子は身動き一つせず、されるがままになっている。腰の中程までショーツを下ろしたところで手を止めて遊佐が見やると、両腕を胸の上で交差して顔をわずかにそむけていた。眼は開けている。表情から見て取れるのは、わずかに恥ずかしそうなようすはあるものの、興奮している感じのほうが強い。

遊佐はまた令子の腰部にもどすと、それを楽しみながらゆっくりショーツを下げていった。

陰毛が現れた。意外に濃い。というのは令子の顔から遊佐が勝手に想像していた濃さに比べてだが、こういうことはままある。ただ、黒々として濃密だが、俗にいう〝土手高〟のもっこりとした恥丘の範囲内に整然と生えている。

ショーツを脱がすと、遊佐は令子の脚の間に割って入り、膝を立てさせて開いた。

「ああ……」

令子がか弱い声を洩らして腰をくねらせた。が、されるがままになっている。

そのまま遊佐が見やると、さきほどと同じように顔をそむけていたが、いまは眼をつむって、さすがに恥ずかしそうな感じの表情をしている。

遊佐は令子の股間に見入った。秘苑があからさまになっている。薄い唇を想わせる、灰褐色の肉びら。濡れが肉びらの外までひろがって、そこにまばらに生えている毛を貼りつかせている。そして、肉びらのすぐ下に見えている赤褐色のアヌス……。

欲情を煽られながら、遊佐は両手で肉びらを分けた。

「アッ――！」

令子が腰をひくつかせた。

ぱっくりと肉びらが開いて、その灰褐色とは対照的な、薄いピンク色の粘膜があらわになっている。粘膜はジトッとした感じに濡れて、赤貝に似た膣口の中が喘ぐように収縮を繰り返している。

それを見て遊佐は、その生々しい動きによってペニスが締めつけられくすぐられる快感に襲われて、怒張がひくついた。

「令子はすごい名器の持ち主だね。膣がエロティックにうごめいてるよ」

思わず、驚きと興奮がリアルな言葉になった。

「ううん、いや……」

艶かしい声でいって令子が腰をくねらせる。その声音からしても、いやがっているわけではないことはわかる。それより腰の動きは焦れったがっている感じだ。

そんなようすだけでなく、興奮し欲情している証拠がほかにも見て取れた。肉びらの上端の包皮から、わずかに覗いているクリトリスだ。すでに膨れ上がっている感じで、クリトリスを覆っている包皮の上方の皮膚も筋状に腫(は)れ上がっている。

遊佐は指先で包皮を押し上げた。ツルッという感じでピンク色の肉芽が露出すると同時に、令子がふるえをおびた喘ぎ声を洩らした。コリッとした感触の肉芽を舌にとらえると、遊佐はクンニリングスにいった。令子が喘いでのけぞるのがわかった。

そのまま、遊佐は舌を使った。肉芽を舐め上げたりこねまわしたり、刺激に強弱をつけたり間合いを計って焦らしたりしながら、令子の反応を見た。焦らしはもっと感じたくさせるために効果的なテクニックの一つだ。

もっとも、二年以上もセックスから遠ざかっていて、欲求不満を抑え込んでいたらしい三十八歳の女に、さほどのテクニックは必要なかった。遊佐が呆気なく思うほど早々と切迫した反応を見せはじめた。

「ああンいいッ……ああッ、でももう、もう無理、もう我慢できないッ……あッ、だめ……」

身悶えながら必死にイクのをこらえているらしく、苦しそうに訴える。はじめて聞く令子の艶かしい声や悩ましい声に遊佐は興奮を煽られて顔を起こした。

「いいんだよ、イッても。イッてごらん」

けしかけてまた舌を使いはじめると、令子は一溜まりもなかった。「だめ、だ

めッ」と怯えたようにいうと、軀を反り返らせて、

「イクッ、イッちゃう！」

くぐもったような声で絶頂を告げ、腰を律動させる。

7

遊佐は上体を起こして令子を見た。

令子は放心したような表情で息を弾ませている。その昂った表情も、息遣いと一緒に上下している形のいい乳房も、熟れた色気がにじみ出ている軀も、オルガスムスに達した直後のせいで、生々しさや艶かしさが強まっている感じだ。

「もっと前戯を楽しみたい？　それとも、もうぼくが訪問したほうがいい？」

遊佐が訊くと、令子はぎこちなく笑って、

「きて」

と両手を差し出した。

「じゃあ、はじめてお邪魔するよ」

遊佐は笑い返していうと、怒張を手にした。亀頭を肉びらの間にあてがってこ

すり上げた。

「アアッ——！」

ふるえ声を放って令子がのけぞった。顔を上げると、悩ましい表情で訴えるように遊佐を見て、腰をうねらせる。

遊佐は亀頭で割れ目をまさぐった。ヌルヌルしてクチュクチュと音がたちそうなそこを上下にこすったり、クリトリスをこねたりしてやると、

「アアッだめ、いやッ、ウウンッ、だめだめッ……」

令子は焦れったそうな表情と声でいってかぶりを振り、腰を揺する。

「これがほしいんだね？」

遊佐が訊くと、強くうなずき返す。夢中になっているようすだ。それを見て遊佐は思い直した。

セックスの中で、遊佐の楽しみの一つは、相手の女に卑猥なことをいわせることだった。ただ、令子とのはじめてのセックスでは、そこまでできるかできないかはべつにして、無理はしないことにしよう、まずは小手調べをして、楽しみはあとに取っておこうと考えていた。ところが令子の反応を見て、イケると思ったのだ。

「そんなにこれをほしがる令子を見たら、いやらしいことをいわせたくなったよ。いけないかな」

遊佐がいうと、すぐには意味がわからなかったらしく、令子は一瞬怪訝な表情を見せたが、

「いや……知りません」

腰をもじつかせながらいった。遊佐が亀頭で割れ目をまさぐりつづけているのだ。

遊佐は驚いた。令子から返ってきた言葉もだが、それ以上にその表情に。彼女は遊佐がドキッとするほど艶かしい表情を浮かべて、色っぽくすねたようなことをいったのだ。

それはいやがっているどころか、令子自身刺激を受けて興奮している証拠といっていい。

「ウウンだめッ、アアンもう……」

令子が焦れったそうにいって腰をくねらせる。

執拗に亀頭で割れ目をなぶりつづけながら、遊佐はいった。

「これがほしかったら、ぼくのなにをどこにどうしてほしいのかいってごらん。

それも公衆便所の落書きのようないやらしい言い方じゃないとだめだよ」

令子は顔をそむけた。その顔に一段と強い興奮の色が浮き立ったかと思うと、

「ああ……先生の××……わたしの、××××に、入れてください」

昂った声であからさまなことをいった。

遊佐は興奮でカッと身内が熱くなった。同時に啞然としてもいた。まさかあの奈良岡令子が、それもはじめての相手とのセックスで、こんないやらしい、はしたないことをいうとは！

それに疑問も湧いていた。彼女はこれまでどんなセックスを経験してきたんだろう？　いくら興奮し欲情していたといっても、こんなプレイがかったセリフのようなことを、すんなり口にすることはできないはずだ。まさか、そういうセックスの経験があるんだろうか。

だがそんなことを詮索する余裕はなかった。

「令子にそんないやらしいことをいわれたら、入れる前に暴発しそうだよ」

遊佐が亀頭で膣口をこねながらいうと、

「いや、だめ、きて」

令子が腰をうねらせて、懇願する表情で息せききって求める。

遊佐は怒張を入れた。ヌルッと亀頭が滑り込むと、令子は息を呑んだような表情を見せた。

亀頭を入れたところで挿入を止めていた遊佐は、さらに押し入った。蜜をたたえている女芯に、肉棒をゆっくり挿し入れていく。令子が眉間に皺を寄せてのけぞり、片方の肩を上げて軀をよじる。肉棒が女芯の奥まで侵入すると、

「ウ〜ン――!」

感じ入ったような声を洩らした。

遊佐はそのままじっとしていた。すると予期したとおりの、粘膜の煽情的な動きがペニスを襲ってきた。肉びらを開いたとき眼にした、赤貝を想わせる粘膜のうごめき――それがいま、ペニスをくすぐりたてるようにしてくわえ込む動きを繰り返しているのだ。

「おお、すごい! ペニスをしゃぶられてるみたいだ。令子のここは、とんでもない名器だよ」

遊佐は興奮していた。幸運にも宝物を捜し当てたような歓びもあった。

「ああん、だめ……」

令子がもどかしそうにいって腰をくねらせる。遊佐がじっとしているので、動

いてほしいと催促しているのだ。

遊佐はゆっくり腰を使った。名器の女芯の感触は、絶妙だった。密着感がちょうどいい具合で、そのため摩擦感はえもいわれぬ快感だ。

令子はすぐに感泣するような喘ぎ声を洩らしはじめた。その声もいい。抑制が利いていて、遊佐の耳をくすぐる。

遊佐は軀を重ねていくと、腰を使いながら令子の耳元で囁いた。

「久々のセックスはどう？」

「いいッ……いいのッ……すごいッ……」

令子が荒い息遣いと一緒にいう。

「ぼくも、令子の名器、ゾクゾクするほど気持ちいいよ」

「ああッ、わたしも、先生の、いいッ……あアンもう、我慢できなくなっちゃいそう……」

「イキそうなのか」

「イッちゃいそう……」

令子が苦しそうにいう。

「いいよ、イッてごらん」

けしかけて遊佐は、肉棒をしゃくり上げるようにして膣をこすりたてた。

「アアッ、それいいッ……だめッ、だめッ、イッちゃう！」

ふるえをおびたような声でいうと、苦悶の表情を浮かべて令子はのけぞった。

「イクッ、イクイクッ！」

感じ入った声で絶頂を告げながら、軀をわななかせる。

遊佐は動きを止めて令子の顔を見ていた。オルガスムスに達したあとの女の顔は、達したのが演技でなければみんな、冴えてきれいに見えるものだが、令子も例外ではなかった。それどころか見とれるほど冴え渡ってきれいだった。

見とれたのも束の間、遊佐は驚き興奮した。令子の表情が艶めいてきたかと思うと、膣がエロティックなイキモノのようにうごめいて、ペニスをくすぐりたて締めつけてきたのだ。

「おおッ、名器が動いてる！　こりゃあすごい。ペニスを吸われて舐めまわされてるみたいだよ」

ゾクゾクする快感に襲われて、遊佐は声がうわずった。名器がエロティックなイキモノのようなうごめきを繰り返しているのだ。

「ああ、いいッ、またイキそう……」

令子が快感に酔いしれたような凄艶な表情でいって腰をうねらせる。

「だめッ、イクッ――！」

呻くようにいうなりのけぞって、令子は軀をわななかせた。

遊佐がなにをしたわけではない。ただペニスを入れていただけで、彼女が勝手に腰を使って膣とペニスをこすり合わせてイッたのだ。

唖然としながら遊佐はいった。

「ホントに感じやすいんだね。さっきもいったけど、こんなに感じやすい軀で、よく二年以上もセックスレスで我慢できたもんだ」

「……だから、我慢したんです」

令子が息を弾ませながらいった。

「だから？　どういうこと？」

「セックスって、当たり前のことだけど、相手が必要なわけじゃないですか。といっても相手はだれでもいいってわけはないし、かりに相手ができたとしても、ふたりの関係がうまくいくとはかぎらない。うまくいかなくて別れた場合、精神的にはもちろんだけど、セックスレスのストレスも生まれる。経験的に、そういうのがいやだったんです」

最後は自嘲ぎみの苦笑をうかべて令子はいった。

「でも、ぼくの誘いには応じてくれた。それはどうして?」

「……京田さんにもいわれたけど、一目惚れ」

ちょっと考えてそういうと、

「ていうか、正直いうと、セックスレスも限界にきてて、遊佐先生なら、癒してもらえそうって思ったんです。でもそれだって、一目惚れでしょ」

令子にしてはめずらしく茶目っ気を見せて訊く。

遊佐は笑っていった。

「そうだな、ま、そういうことにしておこう。ただ、ぼくも令子に一目惚れしたんだけど、ぼくのほうが純粋だな」

「でも、わたしをモノにしてやろうって思ったわけでしょ」

令子に色っぽく揶揄する眼つきで見られて、遊佐は苦笑した。

「正直いうと、そうだ」

「だったら、先生に癒してもらいたいと思ったわたしと一緒ってことになりません?」

令子が真顔で仕事中を想わせるような口調で訊く。

「確かに、おっしゃるとおりになります」

遊佐がおどけていうと、令子もぷっと吹き出した。

「いまのこの状態って、ちょっとおもしろいと思わないか」

「おもしろい？……」

遊佐が妙な訊き方をしたので、令子が怪訝な表情で訊き返す。

「こうして繋がったたまま、セックスレスだの一目惚れだのって話をするなんて、あまりないんじゃないの」

「やだ……」

令子が急に恥ずかしそうなようすを見せて、『きて』というように遊佐に向かって両手を差し出した。遊佐はその両手をつかんで令子を起こした。

「もっと癒してあげるから、こんどは上になって楽しんでごらん」

いうと仰向けに寝て、女上位の体位を令子に取らせた。

令子は遊佐の両手に指をからめてつかまると、クイクイ腰を振りはじめた。

潤みと一緒に粘り気も増した蜜壺で怒張がしごかれ、奥の子宮口の突起に亀頭が当たってグリグリこすれる。

「アアッ、当たってる……いいッ、アアン、気持ちいいッ」

悩ましい表情を浮かべた令子が腰を振りながら、ふるえ声で快感を訴える。

遊佐のほうはペニスに受ける快感もさることながら、これ以上ないほど官能的なウエストラインを見せている腰が貪欲な感じに律動するさまと、三十八歳にしてはみずみずしい乳房が生々しく揺れるのに眼を奪われていた。

令子と繋いでいる手を解いて、遊佐は両手を乳房に伸ばした。形のいい膨らみを手にして揉みたてた。

「アアまた、またイッちゃう!」

遊佐の腕につかまった令子が怯えたようにいって、腰を振りたてる。そのまま昇りつめると、遊佐の上に倒れ込んできた。そして、荒い息遣いをしながら、オルガスムスの余韻に襲われて軀をひくつかせる。

遊佐は令子の背中をやさしく撫でた。するとまた名器がペニスをしめつけ、エロティックにうごめいてくすぐりたててきた。さらに令子が「うう~ん」と艶かしい声を洩らしたかと思うと、腰を上下に振りはじめた。

「ああン、またよくなってもいい?」

うわずった声で訊く。遊佐はいった。

「いいよ。二年以上我慢してたんだから、思う存分楽しめばいい」

そうはいったものの、さすがに遊佐も快感をこらえるのがしだいにつらくなってきていた。それでもなんとかこらえて、このあとどうやって楽しんでフィニッシュしようか考えながら、名器でしごかれる怒張を突き上げていった。

第二章　艶熟と未熟

1

奈良岡令子とは、毎週土曜日の夜に逢うことになった。はじめて関係を持った日の、情事のあとのベッドの中で決めたことで、土日が休みだという令子の都合を考慮したうえだった。

週一回のデートは、遊佐には不満だった。せめて週二回は逢いたい、というのが本音だったので、令子にそういうと、

「先生はもう半分、芸能人なんです。〝文春砲〟に狙われたら、大変ですよ」

とたしなめられて、遊佐は苦笑しながら、仕方なく了解したのだった。

その際、週一回のデートを令子はどう思っているのか、訊いてみた。

「できたらわたしも、もっと逢いたいです。でも、逢いたいのを我慢するのもいいんじゃないですか。逢えたとき、よけいに燃えちゃうから」

令子は秘密めかした笑みを浮かべていった。うんと若い令子に性愛の機微を教えられたようで、遊佐のほうが、文春砲につづいて一本取られた格好だった。

そこで遊佐はやり返した。

「確かにそういうことはあるな。二年以上セックスレスを我慢してた、今日の令子みたいに」

令子は色っぽい眼つきで遊佐を睨むと、抱きついてきた。

ふたりとも全裸のままだった。情事のあと、シャワーも使っていなかった。にもかかわらず、令子はペニスをまさぐってきたかと思うと、そのまま遊佐の股間に顔を埋めてきた。

遊佐は困惑した。つづけて二回の行為ができる自信はなかった。それでもペニスに令子の舌を感じると、拒むことはできず、それよりも彼女をまた感じまくらせてやれという気になって、シックスナインに持ち込んだ。

令子にフェラチオを受けながら、遊佐もクンニリングスをしたり指でクリトリスやイキモノのようにうごめく名器をなぶったりしていると、遊佐自身に驚くべき現象が起きた。たちまちペニスに熱血がたぎってきて、勃起してきたのだ。

このところ勃起力に衰えを感じていただけに、信じられないような出来事だった。遊佐は内心、快哉(かいさい)を叫んだ。さらに、

「すごい!」

という令子の驚きと興奮が入り混じったような声が、遊佐の男としての誇りをくすぐりたてた。そして、二回めの行為に及んだのだった。

そんな令子との一夜は、遊佐を大きく変えた。あの夜のことを思い出すと、それだけで胸がときめき、股間が熱くうずいてくる。それまでの遊佐だったら、いい年をしてバカバカしいと一笑に付すに決まっている。ところがいまの遊佐は、そうとわかっていてもそうはできない。そればかりか、そんな自分のいま状態が、快感でさえあるのだった。


その夜、遊佐は親友の京田と会った。このところおたがいに都合がつかず、会うのは令子と三人で会って以来で、およそ半月ぶりだった。そして、遊佐が令子と関係を持ってから三日後だった。

ふたりがよくいく居酒屋で落ち合って、遊佐のテレビ出演のことなど話しながら飲んでいると、

「ところで、奈良岡令子ともう寝たんだろ？」

京田が唐突に訊いてきた。京田のことだからこういうこともあるだろうと予想していた遊佐は、平然と訊き返した。

「彼女から聞いたのか」

「訊いても、彼女が『寝ました』というわけないじゃないか。でもその言い方は、寝たってことだな」

京田は決めつけると、

「で、どうだった？」

と興味津々の顔つきで訊く。

「どうだったかって訊かれても、こうだったといえるようなことじゃないだろ」

遊佐は苦笑して、京田の言い方をそっくり真似ていった。

「なんだ、かっこつけちゃって。いままで俺たち、女のことも隠さず話してたのに、彼女のことだけそれはおかしいじゃないか」

京田が揶揄と不満を口にする。彼のいうとおりだった。

「よかったよ」

遊佐は一言、正直にいった。

「それだけか。だったら、どこがよかったとか、いろいろあるだろう」

京田が突っ込んでくる。遊佐はまた苦笑いしていった。

「ああ、いろいろある。熟れて色っぽい、プロポーションのいい軀、なにより類稀な名器といっていいアソコ、それに彼女自身がセックスが好きでセックスを楽しもうとするところがあること。おかげで久々に二試合完投しちゃったよ」

「……マイッタな。これ以上ないノロケじゃないか」

遊佐がいうのを眼を見張って聞いていた京田が、いささか羨望も感じられるようすで、呆れたようにいった。

「で、何回寝たんだ？」

「まだ一度だけだよ」

「それでその調子だと、すっかり彼女にハマッちゃったんだろ？」

「そうだな。正直いって、それは素直に認めるよ。しばらくカミさん以外の女とは縁がなくて、まじめにやってたからよけいそうなのかもしれない……」

「それはいえてるだろうな。俺みたいに適当にやってれば、そうそう深みにはまることはないんだけど、でも気をつけろよ、お前のことだ、この歳で深みにはまると大変だぞ」

「わかってる。忠告はありがたく聞いておくよ」

遊佐は笑っていってウイスキーハイボールが入っているグラスを持ち上げた。京田もならって、ふたりはグラスを合わせた。ハイボールを一口飲んでから京田が「でもさ」といった。

「男ってのは困ったもんで、いけない、ヤバイと思っても、思えば思うほどそっちにいっちゃうことってあるんだよな。タブーやリスクはある意味、蜜の味ってとこもあるから。とくに女との関係においてはさ。ただ、さっき、この歳でって言い方をしたけど、逆にこの歳になったからか、俺なんてこのところ妙なことを考えたりすることがあるよ」

「妙なこと……？」

遊佐が訊くと、京田はうなずいた。

「ちょっとオーバーかもしれないけど、人生は一回こっきり。なら、ヤバイ蜜の味をとことん味わい尽くしてみるのも一興じゃないかって」

「まあね、気持ちとしてはわかる。だけど、おまえさんはもう味わい尽くしてるだろう」

「いや、俺の場合は、経験的にヤバイ蜜は避けて、あっちの蜜、こっちの蜜って、適当に味わってるだけだよ」

京田は自嘲ぎみに笑っていった。

そこで遊佐は、話の矛先を京田の女関係に向けた。独身で身軽な、それ以上に女好きが一番の要因で派手な女関係をつづけている京田には、いま二人の女がいる。一人は、三十五歳の既婚の歯科医、もう一人は二十三歳の独身モデルだ。仕事がらみの女には手をつけない、というのが京田の主義で、そのモデルの女は、仕事とはいっさい関係ないということだった。

「両方とも、いまのところうまくいってる、といいたいとこだけど」

そういって京田は苦笑いした。

「先生には、ちょっと参ってる。すっかりセックスにめざめちゃってさ、ここんとこ俺のほうがタジタジなんだ」

歯科医のことを遊佐に話すとき、京田は「先生」というのだ。

「それはでも、自業自得だろう」

「そうだけどさ、俺としたら、まちがって眠っている子を起こしちまったような気分だよ。三十させ頃四十し頃っていうけど、こういう歳の女には用心しなきゃいけない。これはおまえさんにもいえることだぞ」

京田が探るような眼つきで遊佐を見る。

「それも肝に銘じておくよ」

遊佐は笑い返していった。内心、令子ならタジタジになってもわるくないと思いながら。

2

番組が終わって遊佐が控え室にもどってきてほどなく、ドアがノックされた。

遊佐は戸口にいって、ドアを開けた。

令子が立っていた。彼女は素早く廊下の左右を見て部屋に入ってきて、後ろ手にドアを閉めた。遊佐が驚いていると、

「あとから電話しようと思ったんですけど、電話よりも直接お話ししたほうがいいと思って。今週の土曜日、わたし仕事が入って、お逢いできなくなったんです」

令子が申し訳なさそうにいった。

「残念だな……」

愕然として遊佐はつぶやき、そして訊いた。

「日曜日は？」

「いまのところ日曜日もどうなるか、ちょっとまだはっきりしないんです。わかりしだい電話します」

「必ずそうして」

「はい。でも日曜日、先生のご都合はよろしいんですか」

「大丈夫。なにがあっても、令子と逢えるならなんとかするよ」

令子が驚きの表情を見せて、ふっと笑った。つられて遊佐も笑った。見合っているふたりの間に、艶かしい空気が生まれた。遊佐と同じように令子も真剣な表情になった。彼女の表情には、緊張したような硬さもあった。

遊佐は令子を抱き寄せた。

「あッ、だめ……」

令子が小声でいった。が、抱かれたままになっている。

遊佐はキスにいった。令子が小さく呻いて顔を振ろうとする。その顔を遊佐は両手で挟み、強引にキスをつづけた。令子が両手で遊佐を押しやろうとする。だがその力は弱々しい。遊佐が舌を入れようとするのを、令子は拒まなかった。

舌をからめていく遊佐に、はじめはされるがままになっていた令子だが、すぐにせつなげな鼻声を洩らしてからめ返してきた。

この日の令子は、濃いグレーのパンツスーツを着ていた。遊佐は両手でパンツのヒップを抱え、撫でまわした。重たげに張った尻の肉感が、遊佐の欲情をかきたてた。

令子が顔を振って唇を離した。

「だめッ。先生、だめですッ」

身をくねらせ、両手で遊佐を押しやろうとする。場所が局内であることを考えれば当然だが、ひどくうろたえた表情をしている。令子のその表情がさらに遊佐の欲情を煽った。

「日曜日も逢えないかもしれないと思ったら、たまらなくなったんだよ」

令子が唖然としたような表情を見せた。遊佐自身、思わずいってから、まるでウブな若者みたいじゃないか、と気恥ずかしくなった言い種に、令子もいささか呆れたのかもしれない。

だが気恥ずかしくても、呆れられても、たまらなくなったというのは、遊佐の本音だった。遊佐はドアに手を伸ばすとロックし、ついで令子のパンツの前に手を這わせた。ジッパーを探り当てて、下ろしていく。

「そんな、だめ！」

令子があわてて遊佐の手を制した。

「だれかきたら、どうするんですか!?」

「ロックしたから、大丈夫だ。といっても、ゆっくりはしてられないよ」

「……信じられない。先生が、こんな大胆なことをするなんて」

さっき以上に啞然として令子がいう。

「ぼく自身、そう思ってるよ。よくこんなリスキーなことができるなって」

それもまた、遊佐の本音だった。

「だったら、やめてください」

そういいながらも令子は、ジッパーをほとんど下ろしている遊佐の手に手をかけて、拒むでもなく、そのままにしている。

「それこそ、そんな酷なことをいうのはやめてほしいな。ぼくがこんなことをしたくなって、歯止めがきかなくなってるのは、なにが原因だと思う？」

「なんなんですか」

「令子のせいだよ」

「わたし!?」

「そう。令子の魅力がこうさせるんだ」

いうなり遊佐はジッパーの間から手を差し入れた。

「だめ!」

令子が両手で遊佐の手を押さえた。

「早くぼくのいうとおりにして、リスキーなスリルを楽しもうって気になったほうがいいんじゃないか」

遊佐が笑いかけていうと、

「そんな……」

いって令子は顔をそむけた。怒っているようすはない。それどころか、その顔からはときめきの色さえ感じられる。

遊佐の手が触れているのは、パンストのようだった。パンストの上ゴムを探って、手を中に差し込むと、そのままショーツの中に侵入させた。

そむけたままの令子の顔に、狼狽の色と一緒にわずかに赤味がさした。

遊佐は陰毛を撫でて、その下に手を這わせ、股間にこじ入れた。割れ目と一緒に肉ひだの生々しい感触があった。そこはすでに濡れていた。といってもおびただしいほどではない。

指で割れ目をまさぐった。

「アハンッ……」

令子が艶めいた声を洩らした。悩ましい表情を浮かべて片方の手の指を口に当て、一方の手は下着の中の遊佐の手を形ばかりに押さえている。

必死に声をこらえようとしているようすの令子だが、過敏なクリトリスをこねる遊佐の指に、抑えた、そのぶん快感をこらえきなくなった感じがこもっている喘ぎ声をきれぎれに洩らす。

「ああッ、だめッ、こんなとこで……」

令子が弱々しく顔を振っていう。悩ましさと怯えが入り混じったような表情をしている。

「こんなとこだから、スリルがあっていいだろ？　ほら、もう充分濡れてきてるよ」

「いやッ……」

事実、遊佐の指がこすっているクレバスはヌルヌルしている。その指の動きに合わせて、令子の腰が小さく律動している。

遊佐はキスにいった。令子は拒まなかった。それどころか、令子のほうが遊佐よりも熱っぽく舌をからめてきた。スリルを感じて興奮しているのと、気持ちが急いている——そう感じさせるキスだ。

令子がせつなげな鼻声を洩らして唇を離した。

「だめッ、イッちゃうからだめッ」

切迫した表情と口調で訴える。実際、腰の動きはイク寸前のそれだ。

「いいからイッてごらん」

もう指にはっきり感じ取れるほど膨れ上がってきているクリトリスを、そうけしかけて遊佐はこねまわした。

「だめッ」——呻くようにいって令子がのけぞった。苦悶の表情を浮かべて腰を律動させる。「イク」という声は発しなかったが、オルガスムスに達したのは明白だった。

興奮が貼りついたような表情で息を弾ませながら、ドアにもたれていなかったら立っていられないようすの令子を、遊佐は抱いてテーブルのそばに連れていった。

「この前、いきなり令子にしてもらったフェラチオ、あれは衝撃的だったよ。きっと一生忘れられないと思うよ」

「いや。恥ずかしいからいわないで……」

令子が本当に恥ずかしそうにいう。

「服を着たままのシチュエーションは、いまも一緒だ。またあれをやってくれないか」

そういって遊佐は令子の肩に両手をかけた。

「そんな……」

狼狽したようすを見せたものの、令子はおずおずと遊佐の前にひざまずいた。

できれば令子にペニスを取り出させてフェラチオさせたいところだが、時間をかけて楽しむわけにはいかない。遊佐は自分でズボンのチャックを下ろすと、とっくに強張ってきている分身を取り出して令子の前に差し出した。

悠長なことはしていられないと思っているのは令子も同じのはずで、ためらいなく両手を怒張に添えると眼をつむり、亀頭にねっとりと舌をからめてきた。

テレビ局の番組出演者控え室の中で、男性出演者の前にひざまずいてフェラチオにふける女性ディレクター——。

煽情的な要素がそろっているそれを見下ろしながら、遊佐は興奮と欲情をかきたてられていた。

性的な感度のいい令子にしても、この状況が強い刺激になって異様な興奮に襲われているにちがいない。そう感じさせる凄艶な表情で、まるで貪るようにペニスを舐めまわしたり、くわえてしごいたりしている。

時間のことを気にしたわけではなく、遊佐は早々に快感をこらえられなくなって腰を引くと、令子を抱いて立たせた。

「両手をテーブルについて、ヒップを突き出してごらん」

「本当に、こんなとこで……」

令子が訊く。興奮に酔いしれているような表情をしている。その表情から戸惑いや狼狽、それにいやがっているようすは感じられない。ただそういってみただけなのかもしれない。

「そう。こんなとこでやるんだ。だれもがありえないと思ってる、ハレンチでいやらしいことを。どう？　ゾクゾクするだろ？」

「しらない……」

つぶやくようにいって令子はうつむいた。女に特有のこの「しらない」は、否定ではない。肯定の意味だ。その証拠に令子の視線は、遊佐のズボンの前からニョキッと突き出している怒張に向けられている。

遊佐がうながすと、令子は両手をテーブルについてヒップを突き出した。その後ろから遊佐は令子のベルトを緩め、パンツを下ろした。令子が小さく喘いで、まろやかなヒップが現れた。肌色のパンストの下に、レースで縁取りされた薄い黄色のショーツが透けている。

遊佐はパンストとショーツを一緒に剝き下ろした。むちっとした白い尻がブルッと弾む感じで剝き出しになった。と同時にまた令子が喘いで腰をくねらせた。

「やだ、こんなとこに、もしだれかきたら……」

怯えた口調でいいながら、早くしてといわんばかりにヒップを振る。

遊佐も手早くズボンとトランクスを下ろした。令子の腰に手をかけると、一方の手に怒張を持って、尻の割れ目をまさぐった。

早く終わらせたいと思ってか、令子がさらにヒップを突き出した。赤褐色のアヌスと一緒に秘苑があらわになった。

濡れ光っているように見える肉びらの合わせ目を、遊佐は亀頭でまさぐった。

ヌルヌルしているそこを上下にこすった。

「ウウン、だめッ、きてッ」

令子が焦れったそうに尻をうごめかせて求める。

膣口に亀頭を宛てがって、遊佐は押し入った。いつもはあまりそんなやり方はしないのだが、余裕のない状況を考えて一気に奥まで突き入った。

令子は声もなくのけぞった。そして一呼吸置いて、

「アーッ!」

と、感じ入った声を放った。

例の名器がジワッと怒張を締めつけてきて、エロティックにうごめく。くすぐりたてられる快感に煽られて、遊佐は腰を使った。

「アッ……ウッ……クッ……ウンッ……アンッ……」

遊佐の動きに、というより肉棒の動きに合わせて、令子が必死にこらえているような声を洩らす。

腰を使いながら、遊佐は下腹部を見やった。これ以上ないほど官能的で煽情的な、令子のまろやかな尻――その割れ目に、淫猥な眺めが露呈している。肉びらの間に突き入った肉棒が抜き挿しを繰り返していて、肉棒はべっとりと女蜜にま

みれている。

遊佐は欲情を煽られて、両手で令子の尻を撫でまわしながら、わざといった。

「ホント、いまここにだれか入ってきたら、仰天するだろうな」

遊佐が腰を使いつつ、これ以上ないほど官能的で煽情的な、令子のまろやかな尻に欲情をかきたてられて、それを両手で撫でまわしながらいうと、

「いやッ、だめッ、おねがいッ、早くッ……」

令子が息せききって、怯えた声で訴える。

ドアはロックしてあるので、突然だれかが入ってくることなどないのは、令子もわかっているはずだ。ただ、ドアをノックされたら大慌てすることになる。それで怯えているのだろう。

そんな令子に、遊佐はふと、これまでも女の反応によってときおり出てくるサディスティックな欲情をおぼえて訊いた。

「早くどうしてほしいんだ？」

「イッて！」

令子が懇願する。

「それはできないよ。女よりさきには絶対イカない、というのが、ぼくの主義な

んだ」

「ウンッ、意地悪！　おねがいッ、一緒にイッて！」

いうなり令子は自分から尻を上下に律動させる。

パンツスーツから露出した熟れ尻の煽情的な動きを見せつけられ、名器で怒張をしごかれて快感をかきたてられては、遊佐もたまらない。両手で令子の腰をつかむと、我慢を解き放って突きたてていった。

「アアいいッ、もうだめッ、イッちゃう！」

令子が泣き声でいう。

「どこがいいんだ？　いってごらん」

遊佐がけしかけるようにいうと、

「×××いいッ！　ああイクッ！」

昂った声でいう。それに合わせて遊佐は奥に突き入った。令子はテーブルの上に突っ伏した。怒張がヒクついてたてつづけに発射する快感液に、感泣しながら軀をわななかせる。

3

テレビ局の控え室で情事におよんだ日の夜、遊佐は令子に電話をかけた。

行為のあと、ふたりとも大急ぎで身繕いして、令子はあわてて控室を出ていった。そのため、言葉を交わす暇もなかった。

そのときの令子のようすが、遊佐には気になっていた。オルガスムスの余韻で顔は上気しているようだったが、ほとんど無表情の硬い感じだったので、怒っていたのではないかと懸念していたのだ。

遊佐自身、いささか当惑していた。まさか自分があんなとんでもないことをしでかすとは思わなかった。過去の女性ともあんなことはしたこともないし、自分には人並みかそれ以上の理性や自制心はあると自負していた。それなのにあんなリスキーな行為におよんでしまったということが信じられなかった。

ただ、ひとつだけわかっていることがあった。それは、令子に対する欲情の前では、自分を抑えることができない、ということだった。だがそのことに遊佐自身、快感にちかいものを感じていた。

それはまた、家庭があり社会的地位もある遊佐にとって、罪悪感の裏返しでもあった。それがわかっていて、どうすることもできないのだから厄介だった。

時刻は九時をまわっていた。この時間、令子がどうしているか、電話で話ができるか、遊佐にはわからなかった。それでも妻の加寿絵が風呂に入ったのを見計らって、自分の部屋から電話をかけたのだった。

令子はなかなか電話に出ない。呼び出し音を聞きながら、遊佐はわるい予感をおぼえた。昼間のことを怒っていて、着信者を見て出るのをやめているんじゃないか。

いったん切って、もう少し遅くかけ直そうかと思ったとき、電話が繋がった。

「ごめんなさい。お風呂に入ってて、すぐに出れなくて」

遊佐は意表を突かれた。硬い感じを予想していた令子の声が、意外にも明るかったからだ。ホッとして遊佐は思わず笑った。加寿絵と令子、二人の女が同じ時刻に風呂に――そう考えたら、おかしくなったのだ。

「なに？　なにがおかしいの？」

令子の怪訝な声が返ってきた。

「いや、なんでもない。それより、なにごともなさそうなので安心したよ」

「……どういうこと？」

「令子の声を聞くまでヒヤヒヤしてたんだ。昼間のことで怒ってるんじゃないかと思って」

「もちろん怒ってるわ」

語気を強めて令子がいった。

「怒ってる？」

唖然として遊佐は訊いた。

「当然でしょ。あんなところでひどいことするんですもの」

令子が憤慨した口調でいう。

とっさに遊佐はからかわれていると察した。令子の口調が妙に芝居がかっていたからだ。そして、どういう対応が好ましいか、素早く考えた。で、ここは芝居を暴くよりもとりあえず謝って、彼女の出方を見たほうがおもしろいと判断した。

「すまない。あのときいったとおり、我慢できなくなったんだ。自分でもあとで考えてみて、いい年をして――なんて思ったら、恥ずかしくなったよ」

「わたしだって、まさか先生があんなことをするなんて思ってもみなかったから、正直いってショックだったわ」

「本当に申し訳ない。このとおり謝るから、機嫌を直してくれないか」

「直してほしい？」

すかさず令子が甘ったるい声で訊いてきた。

ここだ、遊佐は仕掛けた。

「もちろんだ。直してくれたらなんでもするよ」

「なんでも？」

令子が食いついてきた。

「ああ」

「どんなことをしてくれるの？」

「そうだね、こんど局の控え室でするときはバックからだけじゃなくて、テーブルの上に令子を仰向けに寝かせて大股開きにしてさ、たっぷりクンニリングスしたあと、そのままズコズコしてイキまくらせてあげるよ」

「やだ～、ひど～い」

令子は嬌声をあげた。

「バックでしかしなかったから、それで怒ってたんじゃないの？」

「ンもう、しらないッ」

「ね、風呂上がりらしいけど、いまどういう格好してるの？」

「バスローブを着てる……」

「その下は？」

「……なにもつけてないわ」

「想像しちゃうなァ……」

「それだけ？」

令子の声はしだいに艶めいてきている。

「当然それだけじゃない。今日の昼間、令子をよがり泣きさせて、疲れて眠ってた伜が起きてきてる」

「いけない坊やね。想像しちゃう……」

「おお。このままいくとテレフォンセックスなんてことになりそうだな」

「先生、したことがあるんですか」

「いや、残念ながらない」

「してみたいって口ぶりだけど、そうなんですか」

「ああ、してみたいね。令子はどうなんだ？」

「わたしは、あまり……」

「したくない？」

「ええ」

「ん？　それこそその口ぶりだと、なんだかしたことがあるみたいだけど、そうなのか」

「……ええ……昔、若いとき……」

なんとなく歯切れのわるい口調で令子はいった。

遊佐は訊いた。

「どういうきっかけで？」

「いまみたいに電話で話してるうちに、なんとなく……」

「令子からしようって誘ったのか」

「そんなァ、わたしじゃありません」

遊佐の冗談を察したらしく、令子は笑っていった。

「彼氏が誘ったのか。わるい男だな」

「そう。わるい男だったんです。わたしにセックスのこと、いろいろ教えたりして……」

「てことは、逆にいえば、令子はその男によってセックスにめざめさせられたっことじゃないか」

「……ええ……でも彼とのことは、いい思い出じゃないので、思い出したくないんです」

これまでになく沈んだ声で令子はいった。

「なるほど。だから、テレフォンセックスはあまりしたくないってわけか」

「それもあるけど、だって恥ずかしいから……」

「ぼくたちはもう、それ以上に恥ずかしいことをしてるのに?」

「やだァ……」

令子が艶かしい声をあげた直後、ドアをノックする音がして、「あなた、お風呂」と妻の加寿絵がいった。遊佐は携帯を手で押さえ、「わかった」と返事をすると、手を離して令子に口早に事情を話した。

「先生、奥さまをちゃんと愛してあげなきゃだめですよ」

令子は笑いこらえたような声でいった。

4

翌日、金曜日の夜、令子から遊佐に電話がかかってきた。

時刻は十時をまわっていた。自宅の自分の部屋で電話を受けた遊佐は、昨日の今日だったので胸がときめいた。

ところが令子はまだ局にいて、仕事中だった。

「日曜日のことなんですけど、ごめんなさい、仕事が土日にまたがっちゃって、逢えなくなりました」

令子が申し訳なさそうにいうのを聞いて、遊佐は愕然とした。胸がときめいていたぶん、それ以上に土曜日はだめでも日曜日は逢えるだろうと期待していたぶん、強い落胆に見舞われた。

「そう。残念だな。でも仕事ってことになれば、致し方ない。楽しみにしていたんだけど我慢するよ」

遊佐としては、本心はそんなものではなかったが、まさかいい歳をして聞き分けのない駄々っ子のようなことをいうわけにもいかず、歳相応の物分かりのよさを見せるしかなかった。

ただ、それだけではすまさなかった。すかさずつづけた。

「そのかわり覚悟してろ。こんど逢ったときは容赦しないから」

「こわッ、どうするの？」

おどけたような口調で令子が訊く。

「死ぬ死ぬっていうまで、よがり泣きさせてやる」

遊佐が調子を合わせていうと、

「すごい。楽しみ……」

令子も負けていない。

「そういえば、令子はいってたな。逢いたいのを我慢したほうがいい、逢ったときよけいに燃えるからって。それを考えると、ぼくのほうが『こわッ』てことになるかもしれないな」

遊佐がいったことに対して令子は肯定も否定もせず、思わせぶりに笑っただけで、「じゃあ仕事を片づけます。おやすみなさい」といって電話を切った。

つぎに逢ったときのことはともあれ、遊佐にとっては最悪の週末を迎えることになってしまった。

木曜日の、局の控え室での情事がなかったら、翌週の土曜日に令子と逢えたとしても、二週間もの間お預けを食らう羽目になるところだった。

そんなことを考えている自分を、遊佐は呆れて見ていた。なんてことだ、すっかり彼女に振り回されてると思って。

そういう状態に陥っているせいだろうか。このところ遊佐は、自分がこれまでとはちがってきていることに気づいていた。それもいうなら、かつての自分にもどってきていることに——。

というのも、『これまでとはちがってきている』の『これまで』とは、ここ十年ほどのことで、この間遊佐はまったく浮気もせず、真面目にやってきた。ところがここにきてまた、その十年ほど前までと同じように、女やセックスへの関心が高まってきたのだ。

そのきっかけは、もろちん令子だった。

——きっかけは彼女だけど、もともと自分は性的な人間なのかもしれない。

このところの自分を客観的に見ていて、遊佐はそう思っていた。

令子とのセックスの中だけのことではなかった。街とか大学のキャンパスや教室とかでも、目を引く女や女子学生がいたりすると、バストやヒップを品定めしたり、さらには服の上から裸を想像したりすることもたびたびだった。

週が開けた月曜日の午後、遊佐は学部内にある自分の部屋で来訪者を待っていた。

来訪者は、野沢毬奈という、遊佐のゼミの女子学生の一人だった。卒論のテーマを二三考えているのだが、どれにするか迷っていて、遊佐の意見や助言を求めたいというので、この日の午後一時に遊佐の研究室で会うことになっていた。

野沢毬奈は、アイドルにもなれそうな可愛い顔立ちをしていて、プロポーションもいい。とりわけバストとヒップは、いやでも男の眼を引きつける。それもやたらとボリュームがあるというのではなく、ほどよい量感があってきれいな形をしている。

それに成績もよく、優秀な学生だ。

だから当然、男子学生たちにモテる。ただ、特定の彼氏はいないらしい。学生たちとの飲み会の席で、男子学生たちがなんどか毬奈の話で盛り上がっているのを聞いたかぎりでは、彼氏がいるという話は遊佐の耳には入ってこなかった。もっとも男子学生たちが見える範囲では、ということかもしれないが。

野沢毬奈は、ほぼ時間どおりにやってきた。

遊佐の部屋は四畳半ほどの広さで、矩形になっている。ドアを開けて中に入ると、正面が窓、両側が壁で、窓にちかいところの一方の壁に面して机と椅子、反対側の壁に接して二人掛けのソファ、その前にローテーブルがある。あとの壁面はほとんどが書棚だが、入口付近の両側には小さな洗面台や小型冷蔵庫やロッカーがあり、さらに書棚の足元には資料が入った紙袋などがあったりして、室内は雑然とはしていないが狭苦しい。

ゼミの学生たちがこの部屋を訪ねてくるのは、めずらしいことではない。毬奈も何度かあったはずだが、一人できたのははじめてだった。

毬奈を部屋に入れると、遊佐はソファに座らせた。そして自分は机の前の椅子に座り、ローテーブルを挟んで向き合った。

毬奈はさっそくテーブルの上にファイルをひろげると、卒論のテーマについて話しはじめた。

それを聞きながら、不謹慎だと自責の念にかられつつも遊佐は毬奈のバストと脚に見とれていた。

毬奈は、デニムのジャケットの下に白いTシャツとミニのプリーツスカートという格好だった。Tシャツは胸元が大きく開いていて、シャツを形よく盛り上げている胸の膨らみの谷間が見えそうだ。そしてスカートからは、膝上十センチから赤いパンプスまで脚線美が露出している。

ところが遊佐はすぐに毬奈の話のほうが気になった。それも驚きと一緒に。というのも、二三考えているといっていたテーマがどれも『性』をテーマにしたものだったからだ。仮題は、『女性から見た現代の性』『アブノーマルな性文化』『セックスレス時代の背景』――。

「野沢くんは、前から性について、とくに関心とか興味とかあったの?」

遊佐は驚きを隠して訊いた。

「とくにってわけじゃないですけど、少しは……ていうか、経験的に生まれてきたっていったほうがいいかもしれません」

毬奈は気恥ずかしそうな微苦笑を浮かべて答えた。

「ほう、経験的に、ですか」

また驚かされながら遊佐が訊くと、

「はい」

うつむいて答える。

「それはまさに、文化人類学でいうところのフィールドワークだね」

遊佐は笑いをこらえていった。

「ただ問題は、ぼくがいつもいってるように、どれだけ実証的客観的なデータを集められるか、そしてそれをどう分析していかにテーマを浮き彫りにするかだ。まずデータでいえば、野沢くん一人のデータでは足りないはずだから、アンケート調査や関連資料から集めることになる。野沢くんはどの程度のデータを持ってるの？」

「それは……データっていえるかどうか、わたし自身、そんなに経験があるわけじゃありませんし……ただ、経験的にっていったのは、こんなのおかしい、変だって思ったので、テーマとして考えてみたんです」

毬奈は答えにくそうにいった。

「こんなのおかしい、変だって思ったのは、セックスをしてみてってこと？」

うつむいて、毬奈はうなずいた。そして、そのままいった。

「女性同士で話しててよく聞くんですけど、いまの男子はAVセックスに毒されている子が多いんです」

「アダルトビデオのセックスに毒されているってこと？」

毬奈がうなずく。そういう話は遊佐も知っていたが、突っ込んで訊いた。

「例えば、どんなところ？」

「……ＡＶでしてることが正しいっていうか、女性が歓ぶことだって勘違いして
て、激しくすればいいとか、ほかにも変なこといろいろ……」

さすがにいいにくいらしく、毬奈は口ごもった。

「顔面シャワーとか、潮吹きとか？」

「そうです。で、そういうのを女性がいやがったり、彼の思ってるとおりにならなかったりしたら、『エーッ、なんで!?』って感じで、信じられないみたいな顔をされたり、もっとひどい場合は、女性として欠陥があるみたいなことをいわれた子もいたりするんです」

「確かにそういうケースはけっこうあるようだね。まさに信じられないような話だけど、セックスも文化だということでいえば、現在のセックスの一面を表しているともいえる。そこで、きみが考えてる三つのテーマだけど、ぼくからのアドバイスとしては、三つとも現在の性がベースになっているようだから、どれか一つに絞るんじゃなくて、全部を含めて構成を考えるというやり方がいいと思う。きみはどう思う？」

「先生にいわれてすぐ、そうかって思いました。そうします」

毬奈が表情を輝かせていった。

「ひとつ、訊いてもいいかな」

遊佐は毬奈の顔を窺うように見ていった。

「はい。なんですか」

「きみは、AVセックスに毒されている彼氏と付き合ってるの？」

毬奈はうつむいた。

「いえ。もう別れました」

「で、いまは？」

「彼氏ですか」

毬奈が顔を上げて訊く。遊佐はあわてていった。

「あ、誤解しないでほしい。これはセクハラじゃなくて、きみの卒論のテーマのつづきだからね」

「わかってます。わたし、いま付き合っている彼氏はいません」

おかしそうに笑って毬奈がいった。

「そう。なぜこんなことを訊いたかというと、きみは最悪のセックスを経験したわけだけど、じゃあ最高のセックスは、いや最高とはいわないまでも、いいセックスを経験してるんだろうかと思ったからなんだ。両方を経験していれば、つまり比較することがあれば、内容的にもより深いものになるからね」

遊佐がいうのを最後はうつむいて聞いていた毬奈の表情が、なぜかみるみる思い詰めたようなそれに変わってきた。

「ん？　どうした？」

遊佐が身を乗り出して訊くと、

「本当のことをいうとわたし、卒論のこと以外にも、先生にお願いしたいことがあるんです」

うつむいて硬い表情のまま、毬奈はいった。

「なんだね？」

「先生、わたしに、ちゃんとしたセックスを教えてください」

驚きのあまり、遊佐は言葉ばかりか声も出なかった。

茫然としていると、そのとき毬奈がゆっくりソファから立ち上がった。

「野沢くん、ちょ、ちょっと待って！」

あわてて遊佐も椅子から立ち、両手を前に差し出して毬奈を制止しようとした。

あろうことか、毬奈はデニムのジャケットを脱ぎ、さらにTシャツを持ち上げようとしているのだ。

「おい、やめろ！　一体なにを考えてんだ⁉」

遊佐は狼狽しきっていった。ハニー・トラップという言葉が頭をよぎったからだ。

だが毬奈はやめない。Tシャツを脱いでしまって、上半身ピンク色のブラだけになった。そればかりか、スカートと共布のベルトを解きながら、

「先生、わたし、魅力ないですか」

小悪魔を想わせる蠱惑的な眼つきで遊佐を見て訊く。

「なにをいってるんだ。そんな問題じゃないだろう」

タジタジとなった遊佐は、思わず感情的になっていった。

「わたし、同じ年頃の男子はいやなんです。ただガツガツしてるだけで、女性の気持ちなんて全然考えなくて、ひとりよがりだから」

毬奈はまったく怯んだようすもなくいって、スカートを脱ぎ下ろしていく。遊佐は眼を奪われた。

「それで思ったんです、うんと年上の男性なら、それも遊佐先生のようにやさしい男性なら、ちゃんとしたセックスを教えてもらえるんじゃないかって」

遊佐は固唾を呑んだ。毬奈がスカートを取って、下半身も下着だけになったのだ。

肌色のパンストの下にブラとペアらしい、ピンク色のハイレグのショーツが透けている。すらりとして、それでいて腰や太腿は若さが詰まったような肉づきを見せているその下半身が、遊佐の股間をくすぐりたてる。

「ね、先生、いいでしょ」

毬奈が甘えるような表情と口調でいうと、パンストを脱いでいく。

「いいわけないだろう。だめだよ野沢くん、やめなさい」

遊佐は教師らしくいった。が、気持ちも表情も、教師としての威厳にはほど遠いものだった。気持ちはうろたえてしまっていて、表情にそれが出ているのが自分でもわかった。

そのせいか、遊佐の叱責も効き目はなかった。毬奈はブラとショーツだけになった。そして、ブラから乳房の膨らみが覗いている胸の前で両腕を交差させてうつむくと、

「先生、ひどい……わたし、遊佐先生ならわたしの気持ち、絶対にわかってくださるって思ってたのに……だから、恥ずかしいけど、こんなことを……じゃあわ

たし、どうしたらいいんですか」

半泣きの表情で恨みがましいことをいう。

困惑しながら遊佐は思った。――もしこれが演技だとしたら、演技派女優も顔負けだ。だけど演技にも見えない。いや、待て。女は生まれついての女優だ。それに演技の上手下手に年齢は関係ない。だまされないように警戒しろ。

素早く頭を回転させてから、遊佐はいった。

「きみのいっていることはわからないではない。ただぼくの立場では、なんとかしてやりたくてもできることとできないことがある。なぜなら、ぼくときみは教師と教え子だからだ。ぼくを困らせないでくれ」

「わたし、先生を困らせようなんて、まったく思っていません。先生は教師と教え子っておっしゃいますけど、わたしはもう未成年者じゃありません。自分が取った行動の責任は自分にあると思ってます」

頭のいい学生らしく、破綻のない論理を口にすると毬奈は、とっさに返す言葉もない遊佐を、涼しげな眼を強い意思がみなぎっているようなそれに変えて真っ直ぐに見たまま、テーブルをまわって近づいてくる。

遊佐は年甲斐もなく、あわてふためいた。向き合う格好になった毬奈が、そっともたれかかってきたのだ。

「先生、それでもだめなんですか」

甘い声音で囁くように訊いてくる。

若い女の清々しい匂いと一緒に若さが詰まって弾けそうな軀を感じたとたん、遊佐の中でプツンと音をたてて理性と分別の糸が切れた。

「ちょっと待って」

そういうと遊佐は毬奈のそばを離れた。まず部屋の入口にいってドアをロックし、もどってくると、こんどは窓辺にいってカーテンを閉めた。

5

「本当に、いいんだね」

ふたたび毬奈と向き合うと、遊佐は念押しした。

「はい……」

燃えるような眼で遊佐を見返したまま、毬奈が答える。

遊佐は一気に興奮し欲情していた。部屋の入口と窓辺を行き来しているときに眼にした毬奈の下着のせいだった。毬奈がつけているハイレグのショーツはTバックで、まるでボールのようなまろやかなヒップが露出していたのだ。

遊佐は手早くネクタイをほどき、机の上に投げると、アイドル系の顔に両手を添えた。

毬奈は眼をつむった。長めの睫毛がフルフルふるえ、可愛らしい唇がわずかに開いて遊佐を誘っている。

遊佐は毬奈の唇を奪った。唇が触れた瞬間、みずみずしいチェリーが頭に浮かんだ。そのイメージどおりの甘い感触と、眼に焼きついている煽情的なTバックショーツと剝き出しのヒップが一致しない。が、それで逆に興奮を煽られた。

ただ遊佐は、興奮も欲情も抑え込もうとしていた。若い男のAVセックスに毒された行為に嫌気が差して、いうなれば女性ファーストのやさしい行為を求めている毬奈ことが頭にあったからだ。

欲情の赴くままにいけば、みずみずしいチェリーのような唇を貪りたいところだったが、やさしくついばむにとどめ、遊佐はそっと舌を差し入れていった。舌をからめていくと、毬奈もおずおずからめ返してきた。

毬奈の歳は、誕生日によっては二十歳か二十一歳だろう。この年齢の女を相手にするのは、遊佐にとっては自分が学生のとき以来だった。大学で女子学生を相手に教えるようになってからも、これまで女子学生に手をつけたことは一度もなかった。

それが五十二歳というこの歳になって起きようとは……しかもこっちが女子学生を誘惑したのではなく、反対に誘惑されるなんて、想ってもみなかったことだ……。

内心戸惑い、呆れながらも、遊佐は両手を毬奈のヒップに這わせ、弾力のある肉のまるみを撫でまわした。

毬奈がせつなげな鼻声を洩らして腰をもじつかせながら、熱っぽく舌をからめてくる。尻を撫でまわされているためだけでなく、遊佐のズボンの前の膨らみを感じているせいもあるようだ。

毬奈の尻肉がピクピク痙攣する。また鼻声を洩らすと、毬奈が唇を離した。上気した、興奮が浮いた表情で、息を弾ませている。

「先生も脱いで……」

毬奈がいった。遊佐はうなずいてジャケットを脱いだ。つづいてシャツのボタンを外していく。毬奈のほうはすでにブラとショーツだけになっているのだ。手早く着衣を脱いでいって、遊佐もボクサーパンツだけになった。いつもボクサーパンツかトランクスのどちらかを穿いている遊佐だが、このときはふと、ボクサーパンツでよかったと思った。若い毬奈を意識したからだ。

「ああ、先生すごい」

毬奈がうわずった声でいった。黒と紺のチェック柄のボクサーパンツの、膨れ上がっている前を見ている。

遊佐は毬奈に手をかけて後ろを向かせた。ピンク色のTバックショーツと剝き出しの白い尻をはじめてまともに眼にしたとたん、ズキッと強張りがうずいた。

「きみのプロポーションは完璧だね。後ろ姿もパーフェクトだ」

いいながら遊佐は両手を毬奈の肩に置くと、そこから腕、脇腹と撫で下ろしていく。

「あん……」

くすぐったそうな声を洩らして毬奈が身をくねらせる。

実際、毬奈は後ろ姿も非の打ち所がない。きれいな背中がウエストのくびれに向けて流れ落ちて、そこから思わずしゃぶりつきたくなるような尻のまるみが盛り上がり、その下にすらりとした美脚がつづいている。

それを遊佐が両手でなぞっていくと、毬奈はきれぎれに喘ぎながら身悶える。そのようすが、とりわけゴムまりのような尻を振って悶えるようすが、遊佐の興奮を煽る。

遊佐はブラに手をかけた。ブラホックを外し、肩からストラップを落とすと、あとは毬奈が自分でブラを取った。

そのまま、遊佐は毬奈の後ろから胸に両手をまわすと、乳房をとらえた。いくらか手にあまる膨らみは、張りといい弾力といい申し分ない。それを両手でやさしく揉むと、毬奈がせつなげな喘ぎ声を洩らす。

遊佐は、膨らみを揉むと同時に指先で乳首をくすぐった。それをつづけながら、毬奈の首筋に唇を這わせていく。

「あはン……」

のけぞった毬奈が明らかに感じているとわかる声を洩らす。乳房全体がしこって、乳首が勃ってきている。

遊佐は毬奈の耳朶を唇と舌でなぶり、甘嚙みした。同時に乳房をやや強めに揉んだり乳首をつまんだりした。それを繰り返すと、毬奈は過敏に反応した。ふるえをおびた喘ぎ声を洩らしてのけぞり、たまらなそうに身をくねらせる。乳房に生まれる快感と耳への刺激が一緒になって、よけいに感じているようだ。

極めつきは、遊佐が耳の穴に舌を挿し入れたときだった。

「アッ、だめ――！」

驚いたような声を発して首をすくめたかと思うと、「ウウーン」と感じ入って達したかのような声を洩らして軀をわななかせた。

遊佐が向き直らせると、毬奈は興奮しきったような強張った表情で荒い息をしていた。

「きれいなオッパイだね」

いって遊佐は乳房に指を這わせた。感じやすくなっているのか、それだけで毬奈は軀をヒクつかせた。

みずみずしく、豊かに盛り上がっている乳房は、きれいな紡錘形を描いている。乳首も乳暈も小ぶりで、ピンク色をしている。ただ、性感が萌しているからだろう、乳首は尖り勃っていて、ひどく生々しく見える。

その両方の乳首を、遊佐は両手の中指でくすぐるように撫でた。

「アンッ……だめッ……アアッ……」

毬奈は悩ましい表情を浮かべて身をくねらせる。遊佐がさっき後ろからしていたと同じように両手に乳房をつつみ、揉むと同時に指先で乳首をこねると、さらに感じた喘ぎ声を洩らして、引き締まった太腿をすり合わせる。

「感じやすいんだね。快感が脚のほうにまできてるんじゃないの？」

「……アアン、だめッ、立ってられなくなっちゃう……」

毬奈はうなずいて遊佐の肩につかまり、腰をくねらせる。

「じゃあソファに座ろうか」

遊佐がうながすともたれかかってきて、ソファのほうにいく。

6

遊佐は毬奈を二人掛けのソファに座らせると、その前にひざまずいた。毬奈は両腕を胸の前で交叉して恥ずかしそうに顔をそむけた。

「野沢くんは、よくTバックを穿いてるの？」

遊佐は毬奈の膝から太腿に手を這わせながら訊いた。

「よくってほどじゃないですけど、ときどき……」

毬奈が遊佐の手の動きに戸惑ったようすを見せて、脚を微妙にうごめかせながら答える。

「今日はどうしてTバックを？」

毬奈が遊佐を見た。ふっと苦笑して、

「先生に、気に入ってもらえたらと思って……」

「ホントは、挑発してやろうと思ったんだろ？」

遊佐が笑い返して訊くと、こんどはいたずらっぽい笑みを浮かべて、

「はい。ごめんなさい」

と、素直に認めて謝る。

「だったら、ぼくをもっと挑発してごらん」

え？　どうやって——という表情で毬奈が遊佐を見る。遊佐は命じた。

「自分で脚を開いて」

「そんな……」

さすがに毬奈はまた戸惑いを見せた。「いや」と小声を洩らして顔をそむけると、脚を徐々に開いていく。自分からセックスを求めたのだから、当然それなりの覚悟はあるはずだった。

遊佐の前に煽情的な情景が露呈した。ピンク色のハイレグショーツは、股の部

分がふっくらと盛り上がっていて、かろうじて秘苑を隠している。

「とても刺激的な眺めだ」

「いや……」

毬奈がふるえをおびたような声を洩らした。実際、開いた脚が小刻みにふるえている。それよりも遊佐は毬奈の顔に注目した。恥ずかしそうにしているのかと思いきや、昂った表情をしているのだ。

「野沢くんは、こうやって恥ずかしい格好を見られるの、いやではなさそうだな。逆興奮するタイプじゃないの？」

「……」

毬奈は言葉もなく、かぶりを振った。図星だったようだ。肯定することができなくて、そういう反応をしたらしく、昂った表情にわずかに当惑の色が見て取れた。

「なにも恥ずかしがることはない。それだけ感じやすいってことなんだから。それに野沢くんには、セックスを楽しむことができる素質が備わっているともいえるし、ひいてはそれは相手の男にとっても、つまりぼくにとってもいいことなんだ」

いいながら遊佐は毬奈の脚の間ににじり寄ると、彼女の両腕を胸から離した。

そして両手に乳房をとらえると、片方に顔を近寄せて乳首を舐め上げた。

「アンッ」

毬奈が可愛らしい声を洩らしてのけぞった。

弾力のある膨らみを揉みながら、遊佐は乳首を舌でこねまわしたり口に含んで吸いたてたりした。それにつれて毬奈が洩らす喘ぎ声が泣き声に似てきた。遊佐の軀を挟む格好になっている内腿が、ひくひくふるえている。

遊佐はキスした。すぐに舌を差し入れてからめていくと、せつなげな鼻声を洩らして毬奈のほうが熱っぽく舌をからめ返してくる。覆い被さるようになっているため、遊佐の腹部に毬奈の股間が当たって、恥骨の盛り上がりが生々しく感じられる。

遊佐はキスをやめ、中腰の状態から腰を下ろした。ショーツの膨らみに手を這わせると、布越しに指先で割れ目に当たりをつけてなぞった。

「ああ……ああン……あはン……」

悩ましい表情を浮かべてせつなげな喘ぎ声を洩らしながら、腰をもじつかせている毬奈が突然、「アンッ」と鋭く感じたような声を発して腰をひくつかせた。

遊佐の指がクリトリスのあたりをこねたからだ。

「毬奈のシークレットゾーンを見ていいかな」

遊佐がはじめて名前を呼び捨てにして訊くと、毬奈は顔をそむけて小さくうなずいた。

遊佐は両手をショーツにかけた。ゆっくり引き下げていく。令子のときにもあらためて感じたことだが、はじめて寝る女にペニスを挿入する瞬間に匹敵するくらい、胸がときめくときだ。ワクワクしながら、セクシーなラインを見せている腰からショーツをずり下げると、毬奈が自分から両膝を持ち上げて、脱がせやすくしてくれた。

ショーツを取り去ると、遊佐は両手で毬奈の膝を開いた。

「アッ、やッ——!」

毬奈が短い声を発した。思わず声が出たという感じだ。されるがままになって、恥ずかしそうに顔をそむけて眼をつむっている。

遊佐は秘苑に見入った。ふっくらと盛り上がっている恥丘の半分ほどを、陰毛というよりは春草というほうがふさわしい柔らかそうなヘアが飾っている。その下にあらわになっている割れ目は、これまた肉びらというよりはみずみずしい唇といったほうがいいピンク色の襞が合わさっていて、いささか拍子抜けするほど淫猥さがなく、きれいだ。それでも割れ目の両側にわずかに生えているヘアと、濡れ光っている襞の合わせ目が、遊佐の淫情を誘った。

「毬奈のシークレットゾーンは、もう少しいやらしさがあってもいいくらいきれいだね」

遊佐は本音をそのまま口にしながら、毬奈のシルクような感触の両の内腿を、指先で股間に向けてなぞる。

「これまで経験した男性は何人？」

「……二人、です」

毬奈が身をくねらせながら、うわずった声で答える。

「もうオルガスムスは知ってるの？」

「……中では、まだ……」

秘苑の周辺をなぞっている遊佐の指に、毬奈はもどかしそうに腰をもじつかせている。

「つまり、クリトリスではイクけど、膣ではまだイッたことがないってこと？」

毬奈がうなずくのを見て、遊佐は両手で肉襞を分けた。

「アッ――!」

驚いたような声と一緒に毬奈の腰が跳ねた。

開いた肉襞の間に露呈しているピンク色の粘膜は、ジトッとするほど濡れて、鈍く光っている。

「じゃあ、中でもイケるようにするのが、ぼくの役目だな」

そういって遊佐は、クリトリスを覆っている皮を指先で押し上げた。ピンク色の真珠のような肉芽が露出した。そこに口を向けていこうとすると、

「だめッ!」

毬奈があわてて手で遊佐の頭を押しやった。

「どうして?」

「きれいじゃないから……」

シャワーも使っていないから、ということらしい。

「かまわないよ」

いうなり遊佐は強引に秘苑に口をつけた。「そんな!」と毬奈がうろたえたようにいったがかまわず、舌で肉芽をまさぐってこねた。

毬奈のそこは、わずかに汗のような臭いがするだけで、遊佐を不快にさせるこ

とはなかった。それよりもクリトリスの感度はいいらしく、すぐに毬奈の口から明らかに感じているとわかる喘ぎ声が洩れはじめた。

遊佐は強い刺激を与えることは極力避けて舌を使った。悪友の京田の言葉を思い出したからだ。

京田は、『女は三十代まで』という、世の女性たちが聞いたら顰蹙(ひんしゅく)どころか猛烈な怒りを買うだろう偏見の持ち主で、しかも若いほどいいと思っている。彼の場合、性的に未熟な若い女を育て上げて、セックスにめざめさせるのがなによりの楽しみだからだ。

その京田には、『性的に未熟な若い女をセックスにめざめさせる三カ条』というものがある。その第一条は、女に与える刺激は極力ソフトにすること、強い刺激は禁物。そうすれば、女のほうから刺激を求めて感じるようになる。第二条は、感じているときの女の表情を「きれいだ」と褒め讃えること。顔を褒められていやがる女はいない。セックスのさなかの褒め言葉は、ふだんの数倍の効き目がある。結果、女は陶酔してますます感じやすくなる。そして第三条は、これまた褒めることだが、行為中に膣の具合を褒める。すると女は暗示にかかって、そうしているうちに名器にもなる。

第三条は眉唾の感が否めないが、一条二条は遊佐も、なるほどそういうところはあるかもしれないなと思ったものだった。

遊佐のやさしい舌使いに、毬奈が感泣するような声を洩らしはじめた。徐々にしこってきたクリトリスはもう、コリッとした触感がわかるまでになっている。舌を使いながら遊佐が上目使いに見ていると、毬奈は悩ましい表情で繰り返しのけぞりながら、両手をソファの上や背もたれをまさぐるように動かしている。

「だめッ、もうだめッ、イッちゃう！」

毬奈が切迫した声でいった。遊佐は舌を律動させて肉芽を弾いた。

「アアッ、だめだめッ、イクッ、イクイクーッ！」

上体を反り返らせた毬奈がよがり泣きながら絶頂を告げて腰を振りたてる。

遊佐は顔を上げた。毬奈は興奮しきった表情で息を弾ませている。遊佐は視線を毬奈の顔から股間に移すと、両手で肉襞を分けた。毬奈が昂った喘ぎ声を洩らして軀をひくつかせた。

あらわになっている秘裂は女蜜にまみれて、オルガスムスに達したせいだろう、粘膜のピンク色がわずかに赤みを帯びている。生々しい情景の中でも、勃起しているクリトリスがよけいに生々しさを感じさせる。その下のおちょぼ口のような粘膜を、さらに両手でひろげると、毬奈が息を呑むような反応を見せた。直径一センチほど開いた膣口が、喘ぐようにうごめいて収縮し、弛緩する。が、奈良岡令子のそこのような、イキモノのようなうごめきは見られない。

遊佐は、膣口を指先にとらえると、まるくこねた。

「うう～ん……ああ～ん……」

表情も声も腰つきも、毬奈がもどかしそうな反応を見せる。

遊佐は指を膣の中にゆっくり挿し入れた。

「ウーン……」

毬奈が苦悶の表情を浮かべてのけぞった。

遊佐の指が収まった若い蜜壺は、かなり窮屈だ。エロティックな生々しい感触はあるものの、全体に硬い感じで、ここにも煽情的なうごめきのようなものはない。

ただ、そのぶん初々しさがあって、遊佐は新鮮な興奮をおぼえながら、指を緩やかに抽送してみた。

「ああッ……ああン……ううン……」

毬奈が艶めいた声を洩らしながら腰を微妙にうねらせる。が、その腰つきはぎこちない。

遊佐の指が受けている感覚も、それなりにこなれた膣にある、まったりした感じや、それでくすぐられる感触のようなものとはちがう。強い摩擦感があって、しごかれている感じだ。

「中ではまだイッたことがないということだけど、彼氏は毬奈をイカせようとしたんじゃないの？」

指を抽送しつつ遊佐が訊くと、毬奈が眉間を寄せた表情で腰をもじつかせながらうなずく。

「男っていうのは、征服感を満たしたいという厄介な本能があるからね。彼も一応は努力したわけだ。努力が報われなかったのは気の毒だけど」

「……ていうか、彼、わたしがイッてるって思ってたんです」

「ん？……つまり、きみのほうはイッたふりをしてたってことか」

とっさに遊佐がよくあるケースを想起して訊くと、毬奈はまたうなずき、苦笑いして、

「じゃないと彼、いつまでも終わらないから……」

毬奈の言い種に、遊佐も苦笑していった。

「なるほど、ひとりよがりにガンガンやられても苦痛だし、早く終わらせたいからね。それじゃあイクどころじゃないな」

そのとき毬奈がたまらなそうな表情を見せた。遊佐は指を抽送しながら、膣の中の刺激する部分を変えて感度のいいポイントを探っていたのだが、どうやら毬奈は膣の入口にちかい上の部分が感じやすいらしい。

「どう？　ここは」

そこを指先でこねるようにしながら訊くと、

「いいッ、そこ、気持ちいいッ」

ふるえ声でいう。

遊佐は指を引き揚げた。立ち上がると、ボクサーパンツを脱ぎ捨てた。ペニスは勃起して、ほぼ水平の高さまで持ち上がっていた。それを毬奈の前に差し出した。

「フェラは好き？　それとも嫌い？」

「……好きなほうかも……」

毬奈が怒張を見つめたままいう。恥ずかしそうなようすはない。もっとも興奮して強張ったような表情をしているため、感情が顔に現れにくいということもあるかもしれない。

「好きこそもののっていうから、じゃあ上手そうだね。してみて」

遊佐がうながすと、毬奈が見上げた。小悪魔的な色目で遊佐を見るとすぐまた視線をペニスに移し、両手を怒張に添えた。そのまま、唇を寄せてくると眼をつむり、舌を覗かせて、亀頭にねっとりとからめてくる。そうやって亀頭を舐めまわすと、つぎには茎の部分を上下になぞる。そして亀頭に唇を被せてくると、くわえてしごく。

毬奈のフェラチオは、本人は好きだといっていたが、アイドル系の容貌や膣でのオルガスムスは未経験という性的に未熟なことを考えると、実際はそれほどのテクニックはないだろうと思った遊佐の予想を完全に裏切るものだった。

まるでソフトクリームを美味しそうに舐めるように怒張を全体を舐めまわし、そしてくわえると顔を振ってしごく——その一連の行為を繰り返している毬奈を、遊佐は驚きの眼で見下ろしていた。それも驚かされたぶん興奮を煽られて、かきたてられる快感をこらえながら。

「とても上手だけど、そういうテクニックは元彼に教えられたんじゃないの？」

遊佐が訊くと、毬奈はうなずいた。ひとりよがりのセックスをする元彼らしいから考えられないことではなかった。

フェラチオにふけっている毬奈を見ながら、遊佐はふと思った。奈良岡令子につづいて、それもまだ彼女と関係を持ったばかりだというのに、いままた教え子の野沢毬奈と関係を持とうとしている。俺は本当に性的人間になってしまったのだろうか。こんなことをしていていいのだろうか。もちろんいいはずはない。いけないことはわかっている。わかっているならやめるべきじゃないか。

そう思った瞬間、ズキンとペニスがうずいて跳ねた。毬奈が怒張を口で下からすくい上げるようにして、亀頭の裏側をチロチロと舌を左右に躍らせてくすぐっているのだ。たまらず遊佐は腰を引いた。

が、やめるどころか、もはや理性も自制心も遊佐にはなかった。あるのは抗しがたい欲情だけだった。

遊佐は毬奈を立たせた。入れ替わりに遊佐がソファに座って、

「またがってごらん」

とうながした。毬奈は遊佐の膝をまたいだ。

「腰を落として」

遊佐が怒張を手にしていうと、毬奈は両手で遊佐の肩につかまった。そして股

間を覗き込み、腰を落としてくる。

亀頭が濡れた肉襞に触れた。遊佐は亀頭で割れ目をまさぐった。濡れた音がたちそうな粘膜をこすると、

「ああん……」

毬奈が悩ましい表情を浮かべてもどかしそうな声を洩らし、腰をくねらせる。

遊佐は亀頭を膣口にあてがった。

「もっと腰を落として」

緊張したような表情で、毬奈が腰を落とす。ヌルッと亀頭が膣口に収まった。さらに毬奈の腰が落ちる。ヌルーッと、窮屈な蜜壺に怒張が滑り込んでいく。

「アアッ――!」

腰を落としきると、毬奈は苦しげな表情を浮かべてのけぞり、昂った感じの声をあげた。

「毬奈が好きなように動いてごらん」

遊佐がそういうと戸惑ったような表情を見せたが、ゆっくり腰を上げる。怒張が半分ほど覗いたあたりで動きを止め、また下ろしていく。それもわずかで止めて、再度上げていく。それを緩やかに繰り返す。そうやって膣の入口から中ほど

までを刺激するのだ。

「それがいいの?」

遊佐が訊くと、毬奈はせつなげな表情でうなずく。遊佐は思った。最初から奥を突かれるのはだめらしい。もっとも、快感が高まってきても、奥を突かれるのがよくなるかどうかわからないが……。

「アアン、いいッ、アアッ、気持ちいいッ」

毬奈が快感を訴えはじめた。腰の上下動の幅が多少ひろがってきている。

遊佐のほうは、怒張を窮屈な蜜壷でしごかれているような感覚を受けていた。成熟した膣の絶妙な快美感はないものの、それはそれで快感だった。なにより感覚そのものに初々しさがあって、新鮮な快感だった。

遊佐は両手に毬奈の乳房をとらえて揉んだ。

「アアッ……アアンッ……」

乳房に生まれる性感が加わって膣のほうの感度も高まったかのように、毬奈が腰を律動ぎみに動かす。――と、ストンと腰を落とし、のけぞって「ウッ!」と呻いた。そのまま、腰をクイクイ振る。

「アンッ、アアッ、当たっちゃう!」

苦悶の表情を浮かべてふるえ声でいう。

ペニスが奥まで突き入って、亀頭が子宮口の突起に当たり、毬奈の腰の動きに合わせてグリグリこすれているのだ。

だが毬奈はすぐに腰を振るのをやめた。〝当たる〟感覚に怯えているようすでもじもじしている。

それなりにセックスの経験がある女の場合、これで強い快感を得て、一気にオルガスムスにまで達することもあるが、毬奈はいささかちがうようだ。

「当たる感じ、よくないの？」

「ていうか、前は痛くて……でもいまはそんなでもないけど、いいってほどでは……」

毬奈が息を弾ませながらいう。

「ない？」

遊佐が訊くと、うなずく。

毬奈の場合、子宮口を突かれて快感を感じるようになる前に乱暴にされて、快感どころか痛みをインプットされ、それがトラウマのようになっているのかもしれない。そう思って遊佐はいった。

「じゃあ慎重にゆっくり、ゆっくり動いてみてごらん。そうやって気持ちのいい当たり具合を探っていくんだ」

毬奈は恐る恐る腰を動かした。それもわずかに動かす。

すぐに快感をおぼえるはずもなく、徐々に感じるようになればいい。そう思って見ていた遊佐は、驚いた。みるみる毬奈のようすが変わってきたのだ。昂った表情で、きれぎれに短い感じた声を洩らしながら、まだ微動にすぎないが腰をうごめかせているのだった。

「そう、その調子だ。感じはどう？」

「なんだか、変……」

毬奈は戸惑っているようすだ。

「痛くもないし、わるい感じでもない？」

うなずく。

「その変な感じから、しだいに気持ちよくなってくるんだよ」

そういって遊佐は毬奈を抱き寄せ、唇を重ねた。舌を差し入れてからめていくと、毬奈もからめ返してきた。

濃厚なキスをしていると、毬奈がせつなげな鼻声を洩らして腰を微妙に振りはじめた。

遊佐は唇を離して毬奈を見た。いままでにないほど興奮して強張った表情をしている。そこで遊佐は、交接したまま毬奈を抱いて立ち上がった。そして机の前までいくと、机の上に毬奈を下ろした。

毬奈は両手を後ろについて両脚をM字状に開いた格好で、その前に立った遊佐の怒張を受け入れている。遊佐はゆっくり腰を使った。膣口から膣の中程までが感じるらしい毬奈のことを考え、浅い抽送を心がけて。

肉棒が肉襞の間に突き入ってピストン運動をしている、生々しい情景があからさまになっている。それを毬奈も興奮しきった表情で見入っている。

「アアッ、いいッ……」

毬奈が昂った声でいった。

「ぼくもいいよ。毬奈のここは窮屈だから、手でしごかれてるみたいだ」

「わたしも、ゆっくり動いてる先生の、気持ちいいッ」

実際、毬奈の顔には快感に酔っているような色が浮かんできている。

「どう？　奥まで入ってもいいかな」

そうしてほしくなっていたのか、毬奈が強くうなずき返す。それでも遊佐は慎

重に侵入した。完全に奥まで押し入ると、

「ウウーン!」

毬奈が呻き声を洩らしてのけぞった。感じ入ったような艶かしい声だった。

遊佐は怒張をゆっくり抽送した。ストロークの長い抜き挿しに、毬奈が感泣するような声を洩らす。

「アアいッ、アアン、こんなのはじめてッ」

はじめてという言葉が、遊佐の気持ちをくすぐった。それ以上に毬奈のよがり泣きに怒張をくすぐりたてられて、遊佐は快感をこらえるのが苦痛になってきた。

「このまま出しちゃだめか」

訊くと、だめじゃないというように毬奈はかぶりを振った。遊佐はこらえを解き放って律動した。

第三章　情事の行方

1

　それにしても毬奈と逢う約束をしなくてよかった……。

　ホテルの部屋でバーボンの水割りをチビチビやりながら、遊佐は思った。このあとのことを考えたら酔うわけにはいかないので、まさに舐めるような飲み方をしていた。

　木曜日のこの日、テレビ出演を終えて控え室にもどった遊佐が、先週のようなスリリングな情事を目論んで令子を呼ぼうとして携帯電話を取り出したところ、ちょうど当の令子から着信があった。

「先生、今夜の予定はどうなっています？」

訊かれて、とくにないと遊佐が答えると、

「わたしのほうも今夜、時間が取れそうなんです。先生がよろしければ、逢いたいんですけど……」

遊佐にとっては願ってもないことだった。三日前にはじめて関係を持った毬奈から「逢いたい」という電話がかかってきたのは昨日のことで、令子との情事を考えていた遊佐としては、毬奈の誘いを受ければ二日つづけての情事の可能性も出てくる。それは精力的にとても応じられない話だったので、毬奈の誘いは都合を理由に断って、逢うのは先延ばししたのだ。

令子がいうには、今日夕方からパーティがあって、それに出席するためいったん自宅に帰ってそれなりの洋服に着替えて出直す。ただ、一応出席すれば途中で抜け出すことも可能なパーティなので、できるだけ早く抜け出していくから、遊佐のほうは先にホテルにいって待っていてほしいとのことだった。

そこで遊佐はホテルをチェックインすると、ホテル名と部屋番号を令子に連絡した。そして、ひとりで夕食をすませてから部屋にきて、ひとまずシャワーを浴びたあと、バーボンの水割りを舐めているところなのだった。

ここまでは願ってもない展開だったが、これから先どうしたらいいか、遊佐は思案していた。

令子とは、変則的ではあるけれど一応土曜日に逢うことになっている。問題は毬奈だった。

先日はじめて関係を持ったとき、行為のあとの話では、毬奈は遊佐とのセックスが相当よかったらしい。未経験の膣でのオルガスムスまでには至らなかったものの、すっかり満足しているようすだった。

「とくに最後のへんで、頭がボーッとしちゃって、軀全体がどこかにいっちゃいそうな感じになっちゃって、ちょっと恐かったけど、あんなのはじめてです」

興奮さめやらないようすで、そんなこともいっていた。

そのせいで俄然、遊佐とのセックスに積極的になってきたのかもしれない。だから二日後には、逢いたいと電話をかけてきたのだろう。

毬奈と逢うのは、ウィークデイのどこか、それも土曜日とは日を開けるとなると、週中ということになるか……。

そう考えて、遊佐は自嘲した。

自業自得とはいえ、妻以外に二人の女を相手にするのは大変だ。それに京田のことは、とやかくいえない。

大抵、同時に複数の女と付き合っている京田を、これまで遊佐は呆れ果てて見ながら、「おまえさんの女好きは、もう完全にビョーキの域だ、それも重症の」などと揶揄していたのだ。その言葉がそっくりそのまま自分に返ってきそうな気持ちになっていた。

遊佐は時計を見た。八時をまわっていた。そろそろ令子がやってくる時間だった。

ほどなく、チャイムが鳴った。遊佐は部屋の入口にいってドアを開けた。令子が立っていた。微笑んで入ってきた。

その格好でパーティに出席したらしい令子は、フォーマルなスタイルの、ベージュ系の色のスーツを着ていた。ラメ入りの薄手のツイードのジャケットはノーカラーで、その下に白いシルクらしいブラウス、スカートはタイト、そして胸元にスーツと同色のバラのコサージュをつけている。

「まさに上品でおしゃれなミセス、という感じだね」

部屋の真ん中で向き合って、遊佐が令子を上から下まで見ていうと、

「お褒めいただいてありがとうございます」

令子はおどけていった。

「それに匂うような艶かしさが漂っている。なぜだかわかるかい？」

「え!? でもそれは、先生がそう感じるだけでしょ。わたしにはわかりません。なぜです？」

令子が戸惑ったような笑みを浮かべて訊き返す。

「それは令子が、ぼくと密会するために、さらにいえば情事を楽しむためにホテルの部屋にきたからだよ。その気持ちが全身からにじみ出て、それが匂うような艶かしさになってるんだ」

「そんな……なんだか、発情してるっていわれてるみたい」

令子が遊佐を色っぽい眼つきで睨んでいう。遊佐は笑い返していった。

「さすが、いい読みだ。みたいじゃなくて、そういってるんだよ」

「ひどォ〜い！」

嬌声をあげて令子が遊佐の胸を叩く。遊佐は令子を抱きしめ、唇を奪った。すぐにどちらからともなく濃厚なキスになった。

たがいに貪るように舌をからめ合いながら、遊佐は令子の背中からヒップへと手を這わせた。スカート越しにむちっとした肉感のまるみを撫でまわす。

遊佐は令子に対してこれまでにない――といってもこれがまだ二回目の情事だが――欲情をおぼえていた。

理由はわかっていた。令子がパーティからの帰りだからだ。彼女は会場で大勢の男たちの視線を、それも多くは紳士的とはいえない性的な視線を浴びていたはず。例えば、洋服の下を想像して見られたり、顔からアクメの表情や唇からフェラチオを想像されたり。そこから帰ってきた彼女はそんな空気をまとっている――と遊佐には感じられて、彼の欲情の回路が刺激されたのだ。

こういう欲情の回路を、遊佐は〝疑似スワッピング的欲情回路〟と命名している。スワッピング、つまり夫婦交換をするしないはべつにして想像した場合、目の前で妻がほかの男に抱かれているのを見たら嫉妬をかきたてられてそれと同じくらい激しく興奮するだろうという男は珍しくない。それと同じだと遊佐は分析している。

遊佐自身、ちかいところでいまの令子の場合とはべつに同じような欲情をおぼえたことがある。それは妻が友人とカフェをはじめたときで、それまで専業主婦だった妻が外で仕事をして帰ってきたのを見て欲情をおぼえ、たまたま自宅に妻とふたりきりだったのでキッチンでセックスにおよんだことがあった。最初妻はひどく戸惑った。結婚当初以来なかったことだから当然だった。ただ、刺激的だったらしく、行為がはじまると早々に興奮したようすを見せて、あとは大いに盛り上がった。

濃厚なキスをつづけているうちに令子の興奮も欲情も、より高まってきたらしい。たまらなそうに、せつなげな鼻声を洩らして身をくねらせている。

両手でヒップを撫でまわしていた遊佐は、それだけではもの足りず、タイトスカートを引き上げた。そして、両手を尻にまわした。瞬間、意表を突かれた。

「ん!? もしかしてこれは──」

いうなり令子を押しやって下半身を見た。

「おおッ、ガーターベルトじゃないか」

遊佐は眼を見張った。

タイトスカートが腰の上まで上がって下半身が露出している令子は、パンストではなく、黒いガーターベルトをつけているのだ。ガーターベルトで肌色のセパレーツのストッキングを吊って、その上に黒い総レースのハイレグショーツを穿いている。

「こういう下着、先生お好みじゃないかと思って……」

令子が艶かしい笑みを浮かべて腰をくねらせた。

「お好みどころか大好きだよ」

興奮して遊佐はいった。といってもこれまでにガーターベルトをつけた実物の女を見たのは、いちどしかない。だから興奮したのだが、その女は遊佐にとって令子より前では最後の、ちょうど遊佐が厄年のときの浮気相手で、クラブのママをしていた。ただ彼女の場合、令子のように自分からガーターベルトをつけていたのではなく、遊佐の注文でそうしたのだった。

じつはそこにも京田がからんでくることがあった。というのもその前に京田といつものように女の話をしていて、たまたま女の下着の話になったとき、エロいということでいえばパンストよりもガーターベルトのほうがずっといい、という意見でふたりは一致。さらに京田は、以前からときに女にガーターベルトつけさせることがあるという。それを聞いて遊佐は羨ましく思った。遊佐自身は中年の域に入りかけてガーターベルトに魅力を感じるようになっていたが、まだそれをつけた女との経験はなかったからだ。

クラブのママにガーターベルトをつけさせたのは、そんな京田との話がきっかけで、遊佐にとってはそのときはじめて願望が叶ったのだった。

ただ、令子がどうして遊佐の好みを察したのか、遊佐には疑問だった。

「だけど、どうしてぼくの好みがわかったの？」

訊くと、令子はちょっと考えてからいった。

「エッチで、セックスもいろいろな楽しみ方をするタイプの人とか、頭でセックスするみたいな人とかって、そうなんじゃないですか」

令子の分析に、遊佐は驚かされた。

「まさに慧眼だね。そのとおりだ。だけどその分析結果がどこからきてるのか、大いに気になるところだね。きみ自身の経験からか、あるいはこれも経験といえば経験だけど、きみが付き合った男から教えられたことか、そのどちらかだと思うんだけど、どう？」

「……両方って感じ」

ちょっと考えてから令子はいった。

「妬ける な」

遊佐は令子のジャケットを脱がしながらいった。

「どうして？」

令子が小首を傾げて訊く。

「その男ときみのセックスが、およそどんなものだったか想像がつくからさ。相当享楽的なものだったはずだ。ちがうかね？」

遊佐は令子の顔を覗き込んで訊いた。

「当たってる、と思います」

令子は他人事のように答えた。故意にそういう言い方をしたらしい。

それよりも遊佐を見返している令子の眼に、遊佐のほうが気圧された。その眼には、妖しい光があった。過去に関係があった男とのセックスの話が、彼女の中でなんらかの反応を起こしたのか、性の炎が揺らめいているような——。

2

せっかくセクシーな下着をつけているんだから脱がす手はない。そう考えた遊佐が指示したとおり、令子は着衣を脱いでいって、下半身の下着——ショーツとガーターベルトにストッキング——だけを残した格好になった。

「腕を下ろして、全身を見せてくれ」

遊佐がいうと、令子はそっと顔をそむけて、胸の前で交叉している両腕をゆっくり下ろした。

遊佐は令子を舐めるように見た。すばらしく官能的に熟れた女体と、煽情的なスタイルの下着。相乗効果でこれ以上ないほど悩殺的に見える裸身に、とっくに充血していた遊佐の分身が一気に強張ってきた。

「ゆっくりまわってみて」

令子は黙っていうとおりにする。遊佐の視線を感じて刺激され興奮しているのか、表情が心なしか強張っている。

軀の前の眺めも煽情的だが、後ろ姿はさらにそれが強く、挑発的にさえ見える。セクシーなスタイルの下着と、蜂の腰のようにくびれたウエストからまろやかに張って盛り上がっているヒップのせいだ。

その後ろ姿を見ながら、遊佐はバスローブを脱いだ。ボクサーパンツの前は露骨に突き上がっている。

「たまらなくセクシーで、ぼくのほうが挑発されてるみたいだよ」

そっと令子の腰に両手をあてて引き寄せ、耳元に口を寄せてささやくようにいうと、令子は身をくねらせて喘いだ。

「もっと挑発してさしあげますよ」

うわずった声でいって令子が遊佐の強張りに当たっているヒップをさらに強く押しつけてきて、くねらせる。

「おお、効く〜」

むちっとした尻肉で強張りをくすぐられて、遊佐はわざと大袈裟にいって令子を抱きしめた。両手で乳房を揉みながら、唇を令子のうなじに這わせた。

「アアンッ……」

令子が昂った声を洩らしてのけぞった。遊佐がキスにいくと、首をひねって応じる。たがいにねっとりと舌をからめ合っていると、令子の手が遊佐の股間に伸びてきて、パンツ越しに強張りをまさぐる。

遊佐が揉んでいる乳房は、乳首がもう硬く勃っている。その乳首を指先でつまんでこねると、令子が太腿をすり合わせるような悶え方をして、快感を訴えるようにせつなげな鼻声を洩らしてさらに熱っぽく舌をからめてくる。それに強張りを撫でまわしている手が、ジワッと握りしめる。

遊佐は唇を離して令子を向き直らせた。令子は興奮が浮きたった表情で息を乱している。

「これ以上挑発されてはたまらない。こんどはぼくが攻める番だ。ベッドに上がって仰向けに寝てごらん」

そういって遊佐がうながすと、期待を込めたような、ときめきの色が感じられる眼つきで遊佐を見て、令子はいわれたとおりにした。つづいて遊佐もベッドに上がった。

「ちょっとしたプレイをしよう」

「プレイ？　どんな？」

令子が怪訝な表情で訊く。

「セクシーな下着をつけている令子を、もっとじっくり観賞したいと思ったんだ。でも見るだけでは芸がない。それに令子だって見られるだけでは多少刺激的でもそれ以上のことはない。それで考えたのがこれ、目隠しプレイだ」

そういって遊佐はベッドに上がる前に手にしたネクタイを令子に見せた。令子はちょっと戸惑ったような表情を見せたが、

「で、先生がわたしにいたずらするってことね」

こともなげにいった。それどころか興味津々の顔つきだ。

「そのとおり。目隠しをしていれば、令子はどんないたずらをされるのかわからない。だから不意打ちを食らう感じになって、そのぶん刺激も感じ方も強くなる。

つまり、それでおたがいに楽しめるってわけだ」

「だったらわたし、お願いがあるんですけど……」

令子が妙なことをいった。

「なに？」

「手を縛ってください」

遊佐は啞然とした。耳を疑うとはこのことだった。

「わたし、そういうの、いやじゃないんです。といっても乱暴にされるのはいやですけど、少しマゾッ気があるのかも……、手を縛られるくらいなら、刺激的に感じちゃうんです」

令子は自嘲ぎみの苦笑いを浮かべていった。

「……驚いたな。ということは当然、いままでに経験があるってことだね」

とっさに言葉もなかった遊佐がようやく訊くと、

「ええ。もうずっと前ですけど……」

令子はそう答えた。目隠しプレイへの期待からか、表情が艶めいてきている感じだ。

「そのあたり、大いに興味があるところだけど、こんど訊くことにしよう」

そういうと遊佐はベッドから下りた。バスローブの紐を手にすると、またベッドに上がり、令子に笑いかけていった。

「令子の思いがけない告白のおかげで、目隠しプレイがいっそう刺激的なものになりそうだよ」

「告白しないほうがよかったかしら」

令子がきれいな脚をすり合わせるようにしていう。遊佐を見返している眼に挑むような光がある。

「もう遅いよ。覚悟しろ」

遊佐は令子が胸を隠している手を取った。

「さあ、どんないたずらをしてやろうかな」

いいながら一方の手も取り、両方の手首を交叉させると、バスローブの紐で縛る。都合よく、ベッドヘッドに木枠がついていて、そこに紐を結べる隙間があるため、後ろ手に縛る必要はなかった。

遊佐にはSM趣味はない。ただ、これまでに二三度、戯れに女を縛ったことはあった。それもいまの令子のように手首を縛っただけだった。

それにしても、まさか令子を縛ることになろうとは、遊佐自身想ってもみな

かった。それだけに思いがけない展開になって、内心まだ驚いていた。それより
SM趣味はなくても、驚き以上に興奮していた。
令子のほうも、本人が認めるマゾッ気の現れだろうか、遊佐が手首を縛ってい
る間、黙ってそれを見ている顔がますます艶めいて、興奮の色が強まってきてい
る感じだ。

遊佐は令子の手首を縛った紐の端をベッドヘッドの木枠に結びつけた。令子は
両腕を頭上に伸ばした格好になった。ついで遊佐はネクタイで令子に目隠しをし
た。

それだけで令子の裸身がこれまでとはちがったものに見えた。玩弄されるのを
待っている裸身と化したからだ。そのアブノーマルさに煽られて、遊佐の中に嗜
虐的な欲情が生まれてきた。

目隠しをされているので令子の表情はわからない。ただ、わずかに開いて微妙
に動いている唇に、緊張感が現れている。それに胸が高鳴っているらしい。仰臥
していても美乳の形状を保っている乳房が大きく上下している。
後ろ手に縛らなくてよかったと遊佐は思った。令子は両腕を頭上に伸ばしてい
るため、きれいでエロティックな腋の下があらわになっている。

遊佐は黙って、まずその腋の下を指先で突いた。

「アッ――!」

令子が鋭い声を放って軀をひねった。

つづいて遊佐は乳首を突ついた。令子が驚いたような声を発してのけぞる。もうとっくにしこって勃っている乳首を、遊佐は指先でまるくくすぐった。

「アンッ……アアッ……」

過敏になっているのだろう。早くも令子は感じ入ったような声を洩らしてたまらなそうに悶える。

そのようすが遊佐の嗜虐的な気持ちを煽った。遊佐は無言のまま、言葉を口にするよりそのほうが効果的だと考えて、令子の軀を触った。首筋、乳房、二の腕の裏側、糸のような臍、腋の下、ウエストライン、ショーツとストッキングの間の太腿など、あちこちを気の向くまま突ついたり撫でたりした。そのたびに令子は驚きや戸惑いや狼狽の声を洩らしてのけぞったり身悶えたりする。

そのうち令子の反応が変わってきた。息遣いが荒くなってきて、明らかに感じているとわかる声を洩らしたり、さも焦れったそうに腰をくねらせたりしはじめたのだ。

遊佐はまだショーツに触れていなかった。故意にそうしていた。令子は両脚を締めつけている。その脚を遊佐は強引に開いた。

「アアッ、いやッ」

令子が腰をうねらせる。声は昂った感じで、しかも艶めいていた。

黒いレースのショーツをつけた股間があらわになっている。ショーツのこんもりとした盛り上がりに、遊佐は指を当てた。ヒクッと、声もなく令子の腰が跳ねた。遊佐はそのまま、ショーツ越しにその下に潜んでいる割れ目を指先でなぞった。

「ああん、だめッ……アアッ……」

上下になぞる遊佐の指の動きに、令子は腰を波打たせながら、ふるえ声につづいて感じ入ったような喘ぎ声を洩らす。

「だめなんて感じじゃないな。いいんだろ?」

「アンッ……アアッ、いいッ……」

遊佐が訊くと同時にクリトリスのあたりを指先でこねると、令子は昂った声を発して腰を揺すり、そしてたまらなそうにうねらせて快感を訴える。

「このぶんだと、ここはもう大変なことになっていそうだな。見るのが楽しみだ。

見ていいかい？」

「いやッ、しらないッ」

ショーツの股布に指をかけてわざと訊く遊佐に、令子がすねたようにいう。遊佐は股布を横にずらした。

「アアだめッ」

「おお、すごい！」

ふたりの声が重なった。あらわになった秘苑は、グショ濡れという言葉がぴったりなほど女蜜にまみれている。

「なるほど、この濡れ方を見れば、令子にマゾッ気があることは一目瞭然だね」

遊佐はいいながらショーツを脱がした。そして自分もパンツを脱ぐと、令子の顔がある位置に移動した。そこで令子の軀を遊佐のほうに向けさせると、エレクトしているペニスを手に、彼女の唇に亀頭を触れさせた。

令子はいやがることなく、舌を覗かせると亀頭にからめてきた。ちろちろとじゃれつかせ、そして舐めまわす。

「目隠しをしてると、フェラチオもまたちがったいやらしさがあっていいね」

遊佐の言い種に、令子がせつなげな鼻声を洩らす。そして、亀頭に唇を被せてきて怒張をくわえると、顔をふって口腔でしごく。

それを見ながら遊佐は、片方の手を令子の下腹部に這わせた。陰毛をなぶって股間に手を差し入れ、秘苑をまさぐった。まるで失禁でもしたかのように濡れている割れ目を、指でこする。

「ううん……うふん……」

令子がくわえている怒張に舌をからめてきながら、たまらなそうな鼻声を洩らす。腰もたまらなそうにもじつかせている。

遊佐の指は、例の名器の、エロティックなうごめきを見せる入口をとらえてこねていて、クチュ、クチュと濡れた音をたてていた。

令子が怒張から口を離した。くわえていられなくなったらしい。

「アンだめッ……もう、もう我慢できなくなっちゃう……」

腰を律動させながら、苦しそうにいう。

遊佐は名器に指を挿し入れた。ヌル～ッと指が滑り込むと、令子が苦悶の表情を浮かべてのけぞった。

「ウーン！」

感じ入ったような呻き声を洩らして、軀を小刻みにわななかせる。

「イッたの？」

遊佐が訊くと、息を弾ませながらうなずく。

「すごいね。名器がいやらしくうごめいて、指をくわえ込んでるよ」

蜜壷に収まっている指に感じる煽情的を感覚を遊佐が口にすると、

「ううーん、だってー、ああンいいッ」

令子は腰を蠢動させながら、興奮が浮きたった凄艶な表情で快感を訴える。

二年以上セックスから遠ざかっていた三十八歳の熟れた女体は、遊佐との最初のセックスでめざめ、二度目の今回との間隔が空いたことで、指を挿入されただけでイクほど感じやすくなっていたのかもしれない。

そう思いながら遊佐が指を抽送していると、令子が口元に当たっているペニスを自分からくわえ、遊佐の指でかきたてられる快感に対抗するように顔を振りたてて口腔粘膜でしごく。が、そう長くはつづかず、口を離すと、

「もうだめッ。アアもう、先生の、くださいッ」

腰を律動させて、息せききっていう。

「ぼくのなにがほしいの？」

「ペニス」

「ペニスをどうしてほしいんだ？」

「入れて」

「どこに？」

「そこに……」

「そこじゃわかんないよ。ちゃんといってごらん。どこに、なにを、どうしてほしいのか、それも令子の好きないやらしい言葉で」

「いや」

膣口をこねつづけながら遊佐がいうと、令子は小声で反発した。ついで「アアン」とたまらなそうな声を洩らすと、

「×××に、×××、入れてください」

焦れったそうに腰を揺すっていう。それもわざわざ「入れてください」などというのは、それでマゾヒスティックな気持ちが高揚して興奮するからにちがいない。表情はわからないが、声にその感じが表れている。

「そんないやらしいことを、どんな顔をしていってるんだ」

そういって遊佐はネクタイを解いた。

「いや」

令子は顔をそむけた。声は恥ずかしそうだったが、顔は興奮しきっている。

そんな令子に魅せられて遊佐はキスにいった。舌を入れてからめていくと、すぐに令子もからめてきた。せつなげな声を洩らして熱っぽく――。

遊佐は唇を離すと令子の耳元で囁いた。

「両手を縛ったまま、後ろから犯してやる」

「ああ、犯して」

令子が昂った声でいう。

遊佐は令子に四つん這いになるよう命じた。

「それも犯してくださいというように尻を持ち上げて、アソコを突き出すんだ」

「そんな……」

戸惑ったようにいいながらも令子は軀を半転させると、遊佐が命じたとおりの体勢を取った。

遊佐の前にたまらなく煽情的、挑発的な情景が露呈している。ぐっと持ち上がってまろやかな双丘を見せている尻、その谷間にあからさまになっている秘苑、そしてガーターベルトとストッキングをつけている下半身……。

「このむちっとしたまるみ、この手に吸いつくような感触、たまらないね」

遊佐が両手で尻を撫でまわしながらいうと、令子は艶かしい喘ぎ声を洩らして尻をくねらせる。撫でまわしているだけでは飽き足らず、遊佐は尻に頬ずりし、舐めまわし、さらに甘嚙みした。瞬間、令子がヒクつかせて「アアッ」と昂った声を洩らした。

遊佐は両手を秘苑に這わせ、肉襞を分けた。パックリと割れ目が口を開けると同時に令子がふるえをおびた喘ぎ声を洩らした。

あからさまになっているピンク色の粘膜全体、女蜜にまみれている。そして、赤貝が上下についているようにも見える膣口付近の粘膜が、まるでなにかをほしがっているかのように繰り返しうごめいている。

そんな生々しい眺めを見て、ペニスがいきり勃っていた。遊佐はそれを手にすると、亀頭で割れ目をまさぐった。上下にこすると、クチュクチュと濡れた音がたって、令子がもどかしそうな声を洩らして身悶え、さらに遊佐の聴覚と視覚も刺激する。

令子の名器が有している、ペニスがしゃぶられているようなうごめきを想いながら、遊佐は押し入った。怒張を蜜壺の奥まで挿し込むと、令子がまた達したような声を発して軀をふるわせた。

3

学内の職員食堂で昼食をすませて部屋にもどってきたとき、電話がかかってきた。ジャケットの内ポケットから携帯を取り出して見ると、毬奈からだった。

「はい」

身構えた気持ちがそのまま声の感じになった。

「先生、これからお邪魔してもいいですか」

若い声が訊いてきた。

とっさに遊佐は返事に迷った。なにか理由をつけて断るか、それとも会うだけは会うか。いま会っておいて、令子のことがあるので週末は都合がわるいという話をしておいたほうがいいかも……そう考えて遊佐はいった。

「ああ。つぎの講義の時間までならいいよ」

「じゃあいきます」

毬奈は弾んだ声でいうと電話を切った。

遊佐の金曜日の講義のスケジュールは、午前と午後にまたがっていて、午後の一限目は空いている。いまから二限目までには、一時間あまり時間があった。会うことにしたものの、遊佐は気が重くなって内心つぶやいた。マイッタな。昨日の今日ってことになったら、かなりキツイぞ。

昨日令子と逢ったばかりなのだ。つづいて今日毬奈の相手をすることになったら、五十二歳の遊佐にとってはきびしいものがあった。毬奈の若いピチピチした躯を想って、やに下がってなどいられなかった。

窓のカーテンを閉めてほどなく、ドアをノックする音がした。遊佐は椅子から立ち上がった。入口にいってドアを開けると、毬奈が緊張した表情で左右の廊下を素早く見て、さっと部屋に入ってきた。先日はそんなようすは見せなかった毬奈だが、遊佐と関係ができたことで、だれかに見られてはまずいという警戒心が生まれてきたのかもしれない。

遊佐がドアをロックして振り向くと、すぐそばでそれを待っていたらしく、毬奈が遊佐の首に両腕をまわしてきた。

「ごめんなさい、押しかけてきちゃって」

アイドル系顔の女子学生が甘えた表情と口調でいう。

「教師を困らせるなんて、いけない学生だ」

「困ってるんですか、先生」

「ああ、女子学生との特別な関係は許されることではないからね」

「でもだれにもわからなければ、問題ないんじゃないですか」

「それはまあ、そうだけど……」

秘密めかしたような笑みを浮かべて、ぐっと軀を密着させてきて訊く毬奈に、遊佐は戸惑わされ、歯切れのわるい口調になった。

「そうですよ。だって先生は、ちゃんと先生の役目を果たしてくださってるんですから」

「役目？」

「ええ。わたしに正しいセックスの仕方を教えてくださるっていう……」

遊佐は思わず笑った。冗談でいっていたらしく、ぷっと毬奈も吹き出した。

「そういうのを詭弁というんだよ」

「でもないんじゃないですか。本当のことなんですもの」

「……だとしたら、最高の役目だ」

遊佐が苦笑していうと、毬奈が顔を仰向けて眼をつむった。

毬奈と会うまでは浮かない気持ちに陥っていた遊佐だが、彼女の若い軀を感じているうちに現金なもので、分身はもう強張ってきていた。

遊佐は毬奈の可愛い唇に唇を合わせた。舌を入れてからめていくと、毬奈が甘い鼻声を洩らしてちろちろ舌をうごめかせる。

今日の毬奈は白いウインドブレーカーを羽織って、その下に白と紺色のボーダー柄のTシャツ、それにボーダーの紺と同色のミニスカートという格好だった。

キスしながら遊佐はその格好を思い浮かべて、両手を毬奈のヒップに這わせた。

スカート越しにぷりんとしたまるみを撫でまわすと、毬奈がまた甘い鼻声を洩らしてくねくねヒップを振る。

遊佐は唇を離して訊いた。

「今日はゆっくりしていられないから、キスだけにしておこうか」

「そんなの、いや」

毬奈がすねていう。

「じゃあぼくの舌か指で、毬奈がイッたら終わりにするっていうのはどうだ？」

「やだァ、もっといや。だったら早くしたい」

毬奈は遊佐の手を取ってソファに向かっていく。早くしたいか――遊佐は苦笑いして思った。こうなったら、もう覚悟するしかないな。

ソファのそばまでいくと、毬奈はウインドブレーカーを脱いだ。遊佐もジャケットを脱ぐと、いった。

「下だけ脱ごう。そのほうが刺激的ということもあるからね」

毬奈が思わせぶりに笑いかけてきて、スカートの後ろに両手をまわす。それを見ながら遊佐もズボンを脱いでいく。毬奈はスカートにつづいてパンストを脱ぎ、クリーム色に白いフリルがついているハイレグショーツだけになった。上半身にTシャツを着て、下半身はショーツだけのその格好が、遊佐の視覚を刺激し欲情をくすぐった。遊佐のほうは先に下半身ボクサーパンツだけになっていた。

遊佐はソファに座ってその前に毬奈を立たせた。

「女の下着を脱がすのは、男の楽しみの一つだからね」

いいながら、まったく無駄肉のないウエストラインを両手でなぞると、毬奈がくすぐったそうに喘いで身悶える。ショーツに手をかけると、わざとゆっくり下ろしていく。毬奈が腰をもじつかせる。ショーツからわずかに陰毛が覗いたところで遊佐は手を止め、毬奈に後ろを向かせた。

「可愛い尻だ……」

ショーツから半分露出している、くりっとした尻を両手で撫でまわす。

「ああん……」

毬奈が嬌声を洩らして尻を振る。遊佐は昨日の令子の尻の感触を思い出した。

そして、ふたりのそれを比較して思った。一言でいえば、令子は『むっちり』、毬奈は『ぷりぷり』という感じのちがいか。

そこで毬奈を向き直らせると、ショーツをずり下げた。陰毛があらわになると同時に毬奈が太腿をよじった。

遊佐は毬奈の脚からショーツを抜き取ると、立ち上がった。入れ替わりに毬奈をソファに座らせると、両膝を開いて足をソファの上に乗せさせた。「やァ」と毬奈が小さい悲鳴をあげて両手で股間を押さえた。

「手をどけないと、なにもしてやれないよ。それでもいいのか」

両手で膝を押し開いたまま遊佐がいうと、毬奈はさすがに恥ずかしそうに顔をそむけて、おずおずと股間から手を離す。膝を立てて両脚をM字状に開いた格好なので、秘苑があからさまになった。

遊佐は毬奈の顔を見た。毬奈は顔をそむけている。眼を開けて顔を向けた方向を見ている。その表情は一見恥ずかしそうに見えて、よく見ると色めいている。それも緊張と期待、二つのドキドキが一緒になっている感じで。

俗にいう〝土手高〟の恥丘を飾っている淡い陰毛の下のきれいな肉襞を、遊佐は両手でそっと開いた。「アッ」——勢いよく息を吸い込んだような気配を見せて毬奈が腰をヒクつかせた。

あからさまになっているピンク色の粘膜は、すでにジトッとして鈍く光っている。

「この濡れ方は、この部屋にきてからのものじゃないね。ここにくるまでにもう濡れていた——そうだね?」

「そんな……」

毬奈が腰をうごめかせて戸惑ったようにいう。

「ちがう?」

ちがわない、というように小さくかぶりを振る。

「どうして濡れてたの?」

「それは……先生と、セックスすると思って……」

躊躇して恥ずかしそうなようすを見せ、毬奈は答えた。

「期待して?」

うなずく。

「元彼と逢うときも、逢う前から濡れることはあったの？」

ない、とかぶりを振る。

「元彼とのセックスは、基本的にきみのほうが受け身で、若い女の子がよくいう『させてあげる』って感じだったんじゃないの？」

「え？　そこまでは……でも、そんな感じです」

「じゃあ今日のこの濡れ方は、とてもいい兆候だ。きみ自身、セックスをしたい、楽しみたいという積極的な気持ちになってきた証拠だからね。そういう気持ちでいれば、膣でオルガスムスを経験するようになるまで、そう時間はかからないはずだよ」

遊佐が笑いかけていうと、毬奈もぎこちなく笑い返した。遊佐は目の前の生々しいピンク色の粘膜に口をつけた。

「アッ――！」

毬奈が声にならないような声を放ってのけぞった。遊佐が舌でクリトリスをまさぐってこねると、すぐに泣くような喘ぎ声を洩らしはじめた。

遊佐は舌を使いながら両手で毬奈のTシャツと一緒にブラを押し上げた。乳房が弾む感じで露出した。みずみずしい膨らみを両手で揉んだり、すでに尖っている乳首を指先でくすぐったりすると、乳房とクリトリスの快感が連動してさらに強まったかのように、毬奈が感じ入ったような喘ぎ声を洩らす。その声がたちまち切迫した感じになってきた。

「アアンいいッ……気持ちいいッ……イッちゃいそう……」

遊佐は割れ目から口を離した。

「いやッ、だめッ、やめないでッ」

毬奈が腰を律動させる。興奮した表情ですがるように遊佐を見ている。

「舐めてほしい？」

遊佐が訊くと、強くうなずき返す。遊佐は両手で肉襞を分けた。クリトリスはピンク色の真珠玉のように膨れあがっている。真珠玉に直接触れるのではなく、その周囲を指先でまるくなぞった。繰り返し──。

「アアンッ……アアッ……アアだめッ、イッちゃう！」

身をくねらせる毬奈が怯えたようにふるえ声で訴えるのを見て、遊佐は割れ目に口をつけた。舌で真珠玉を弾いた。

「アアッ、だめだめッ、イクッ！」

呻くようにいって毬奈がのけぞった。「イクイクーッ！」と感泣して軀をわななかせる。

4

——けっこうイケるじゃないか。

遊佐はソファに座り、その前にひざまずいてフェラチオをしている毬奈を見ながら、気をよくしてそう思った。

二日つづきの情事に、五十二歳の分身が果たしてどうなるか心配と不安を抱えていたが、それは杞憂だった。オルガスムスに関してはまだ未熟だが、元彼に仕込まれたというフェチラオのテクニックはある毬奈の舌と口腔粘膜でくすぐりたてられて、分身は充分に役目を果たせるまでに硬直してきていた。

どういう体位でしようか。遊佐は考えた。この部屋にはベッドに代わるような場所はない。床はコンクリートのため、その上に寝ることはできないし、使える場所にしても先日はじめて毬奈としたときのソファ——二人掛けでベッド代わりにはならない——と机の上ぐらいしかない。

毬奈は顔を右に左に傾げながら怒張を舐めまわしている。その顔には興奮の色が浮きたっている。怒張をなぞっている舌が亀頭に這って、頭の部分とちろちろ舐めまわし、さらにはエラの部分をくすぐる。

遊佐は身ぶるいする快感に襲われて毬奈を制した。

「ありがとう。とてもよかったよ」

毬奈に笑いかけていうと、彼女を立たせるのと一緒に遊佐も立ち上がった。そして先日の令子との体位を思い出して、毬奈を前にあるローテーブルに向かって立たせると、両手をテーブルについてヒップを突き出すよう指示した。

「後ろから？」

毬奈が訊く。

「そう。ここにはベッドがないからね、いろいろな体位を楽しむわけにはいかない。せいぜい座位か後背位だけど、毬奈はどんな体位が好きなの？」

「相手が見えるのがいいから、正常位とか座位とか……」

「後背位は？」

「ん～、あまり……」

毬奈は小首を傾げていう。

「あまり好きじゃない？」

苦笑いしてうなずく。

「でもそれはわるい経験しかなくて、いい経験がないんじゃないの？　この前毬奈は、奥に当たったら痛いっていってたけど、例えばバックからガンガン突かれて痛かったとか」

図星だったらしい。毬奈は驚いた表情を見せて、

「そう」

と気負いぎみにいった。

「大丈夫。ぼくはそんなことはしないし、毬奈を気持ちよくしてあげるよ」

「もうひとつ、お願いしていい？」

「なんだね？」

「こんど、ベッドのあるところで逢いたい」

「そうだね」

毬奈の甘えた表情と口調につられてそう応えてから遊佐は内心、おいおいそんなことをいって大丈夫かとつぶやいた。とっさに保身と自戒の気持ちが顔を出してきたのだ。

だがそんな気持ちはすぐどこかに消えた。毬奈は遊佐の指示どおりの体勢を

取ったからだ。上半身Tシャツを着て下半身裸の格好で、テーブルに両手をついて尻を持ち上げている。それもテーブルが低いので上体が前に突っ込み、そのぶん腰が上がって、ただ尻を持ち上げているというより、これ見よがしに突き上げている格好だ。

遊佐は昨日の令子の姿を思い出した。それでよけいに欲情を煽られながら、毬奈のパーフェクトにまろやかな尻を撫でていった。

「いい格好だ。後ろから犯してくださいって感じで、そそられるね～」

「ああ～ん、犯しちゃいや～」

毬奈が嬌声をあげ、芝居がかったことをいって尻を振る。

「ますます犯してって挑発してるみたいだぞ」

「うう～ん、いじわる～」

毬奈が妙に艶めいた声でいう。ゴムまりのような尻朶の間に割れ目の入った肉の膨らみがあらわになっている。それを見ながら遊佐はふと思った。ひょっとしてこの子も、マゾッ気があるのかもしれない。

その割れ目に、遊佐は指を這わせた。濡れてヌルヌルしているところをまさぐって、指先でクリトリスのあたりをソフトにこすった。

「アアッ……アアンッ……それだめッ……」

毬奈が尻を振って感じた声をあげながらも怯えたようにいう。

「どうして？　よくないの？」

かぶりを振る。

「膝がガクガクしちゃうから、だめ」

「クリちゃんをいじられてそれだと、ペニスを入れられたらどうなるんだろう。犯すのがますます楽しみになってきたぞ」

「ああん、ひどォい」

「じゃあ試しにまず、ペニスの前に指で犯してみよう」

いうなり遊佐は指を蜜壺に挿した。毬奈が小さく呻くと同時に背中をまるめるようにして、煽情的な格好の肢体を硬直させた。遊佐が指をほぼ奥まで挿し入れると、「アアッ」と昂った声を洩らした。

遊佐は緩やかに指を抽送した。まだ充分にこなれていない感じの膣は、中指一本でも窮屈な触感がある。ただ、たっぷり女蜜をたたえているため、指の動きはスムースだ。その動きに合わせて毬奈が感じた喘ぎ声を洩らす。

指の抽送はペニスでそうするための前戯だと、遊佐は考えていた。充分にこなれていない膣をほぐすための——。

指の動きを止めて遊佐はいった。

「いい眺めだ。指が入ってるアソコだけじゃなくて、可愛らしいお尻の穴も丸見えだよ」

「いや……」

毬奈が恥ずかしそうな声を洩らす。指をくわえている肉襞の上に露呈している、きれいに皺を畳んだ赤褐色の肛門が、遊佐の言葉で視線を感じてか、喘ぐように収縮して、それに合わせて蜜壺が遊佐の指をかるく締めつけてきた。

「おお、肛門が締まって、膣が指を締めつけてきてるよ。ほら、繰り返し締めてごらん」

「ああん、わかンない……ううん、こ、こう?」

戸惑ったようにいいながらも、毬奈が肛門を締める。つれて膣が締まる。

「そう。いいぞ、その調子だ。もっとつづけて」

遊佐がけしかけると、オチョボ口のような赤褐色のすぼまりが息をするように収縮弛緩を繰り返す。そして収縮するたびに膣がクッと指を締めつけてくる。

「すごい、すごい。アソコがつづけて指を締めつけてきてるぞ。毬奈のアソコは名器だよ。毬奈はどんな感じだ?」

「うう~ん、なんか変……」

毬奈が身をくねらせるようにして昂った声でいう。

「変て、いままで経験したことがない感じってこと?」

うなずく。

「気持ちいい? それともわるい?」

「いいッ」

「いいぞ。それは膣で感じてる証拠だ」

上々の反応だった。そのとき遊佐は、いつのまにか毬奈が息を弾ませていることに気づいた。それも性的な昂りを感じさせる息遣いだ。

遊佐は蜜壺から指を抜き、怒張を手にした。毬奈の反応に興奮していた。亀頭で割れ目をまさぐった。

「犯してやる。いいな?」

毬奈がうなずく。

「犯してって、いってごらん」

「ああ、犯してッ」

遊佐は押し入った。が、怒張を半分ほど入れて止めた。その位置で、抜き挿しした。

怒張の動きに合わせて毬奈が喘ぎ声を洩らす。その声がいままでになく艶めいて、遊佐には聞こえた。気のせいではなさそうだった。

「どうだ？　どんな感じ」

腰を使いながら訊くと、

「いいッ……いままでと、ちがう感じ……」

毬奈がうわずった声で答える。

これまでになく感度が上がって、要するに感じているようだ。股間を見下ろしながら遊佐は思った。蜜壺に出入りしている肉棒は、まるで溶けたバターにまみれたようになって、先日のときよりも女蜜の量が明らかに多い。

「だめッ、膝がガクガクしちゃう！」

毬奈が腰を落としかけていった。

遊佐はその腰を抱え、そのままソファに座った。毬奈が遊佐に背中を向けて膝にまたがった、後背座位の格好になった。

「毬奈が気持ちがいいように動いてごらん」

遊佐は両手を毬奈の胸にまわして乳房を揉みながらいった。

膣の奥に与えられる刺激にまだ快感をおぼえるまでいたっていない毬奈は、遊佐の膝に手をついて前屈みになってわずかに腰を浮かした。そして、恐る恐るその感覚を確かめるように、腰を上下させる。それにつれて、遊佐の怒張の先半分ほどが窮屈な蜜壺でこすられくすぐられる。

毬奈のまろやかな尻朶の間にあからさまになっている生々しい情景と身ぶるいするような快感——両方の刺激に遊佐が興奮と欲情を煽られていると、毬奈が腰を落とした。ゆっくり前後に振る。

「アアッ、だめッ、グリグリ当たってるッ！」

ふるえ声でいう。だめといいながら、ひとりでにそうなってしまうかのように腰を振っている。

いい前兆だ！——遊佐はそう思った。そして、遊佐の膝にまたがっている毬奈の両脚を、そのまま後ろから持ち上げて遊佐の脚の間に下ろした。毬奈は両脚をそろえて遊佐の股間に腰を下ろした格好になった。

「ほら、これで動いてごらん」

毬奈が小さく、ぎこちなく腰を振る。

「アアッ……」

ふるえをおびた喘ぎ声を洩らすと、徐々に腰の動きがスムースになって、さらに律動する感じになってきた。それに合わせてきれぎれに洩らす喘ぎ声も昂った感じに変わってきた。

遊佐が毬奈の両脚をそろえさせたのは、それなりの理由があってのことで、そのほうがイキやすくなるからだった。

毬奈の息遣いが荒くなり、腰の動きも完全な律動になってきた。

「いいんだね？」

遊佐は両手で乳房を揉みながら、毬奈の耳元で囁いた。

「……アアッ、先生助けてッ、落ちちゃう！」

ウンウン強くうなずき返したあと、毬奈は息せききって怯えたようにいう。女がオルガスムスに達するときを譬えていうのによく、厚い雲を突き抜けていく感じとか、底無しの深みに引き込まれていく感じなどという。どちらもその先にあるのはめくるめく快感らしいが、毬奈の場合、「落ちちゃう」ということはどうやら後者のようだ。

「落ちちゃっていいんだ。それが中でイクッてことなんだ。落ちろ落ちろ」

遊佐はけしかけた。

「アアッ、ア～ッ、だめだめッ、だめーッ！」

毬奈が錯乱したようにいってのけぞった。遊佐にもたれかかった軀を突っ張るように伸ばして硬直させたかと思うと、そのままわななかせた。そして、憑き物でも落ちたようにぐったりとなった。

「イッたかな？」

「わかんないけど、いまのがそうなのかも……」

遊佐が顔を覗き込んで訊くと、毬奈は放心状態で息を弾ませながらいった。

「そうだね、はじめてだから無理もない。そのうちわかるよ」

笑いかけてそういうと、遊佐はキスにいった。毬奈のほうが先に舌を入れてきて、甘い鼻声を洩らして熱っぽくからめてきた。

5

土曜日の夜、遊佐は京田とふたりの行きつけの居酒屋で会っていた。

「令子はともかく、教え子はちょっとヤバイんじゃないか」

遊佐から毬奈との関係を聞くと、さすがの京田も驚き半分心配半分の顔つきでそういった。

「俺もそう思ってる。だから気をつけなければいけないと」

遊佐がいうと、ウムと京田はうなずいた。

「とくにその毬奈って子の場合は、おまえさんにはじめて女の歓びを教えてもらったわけだからさ、そういうのが一番厄介なんだよな。どんな男と女の場合でも関係を持つより終わらせるときのほうが数倍むずかしいんだけど、彼女に対してはよほど気をつけなければいけないな。ちょっとでもこじれたら大変だぞ」

「ああ。どういう形がいいか、これからよく考えておこうと思ってる。そのときはまたおまえさんに相談するから、アドバイスをしてくれ」

「いいとも——といっても、男と女の関係には、セオリーも特効薬もないからなァ」

京田は苦笑していってから揶揄するような眼で遊佐を見た。

「だけど、おまえさんもやっと俺の苦労がわかってきたんじゃないか」

「まァな」と遊佐も苦笑していった。

「それで訊くんだけど、いつだったか、おまえさんいってたよな、複数の女と付き合うコツみたいなことを。きちんとローテーションを決めなきゃ、とても身が持たないとか。いまでもそうしてるのか」

「ああ、そうしてるよ」

「でもローテーションどおりにはいかないことだってあるだろう、おたがいの都合とかで。そういうときはどうしてるんだ？」

「基本的にはその試合の登板は取りやめ。スライド登板はなし。つまり、約束の翌日に逢うなんてことはしない。じゃないとローテーションが崩れてしまって、どうにもならなくなるから」

「そこまで徹底しているのか」

感心してから遊佐は、じつは——と、ここ二日つづけて令子と毬奈の相手をしたのだが、この先こんなことはつづけていられない、まさに身が持たない、どうしたものか悩んでいると打ち明けた。

「聞く者によっては、贅沢な悩みだとか、のろけだとかいうだろうな」

京田は笑っていった。

「だけどその気持ち、わかるよ。いまでこそローテーションなんていってるけど、昔——四十すぎくらいまでかな、勢いに任せて遊んでいた頃、俺も困ったことがあったよ。ひどい話、自業自得だけど無理が祟って、急性のインポになったこともあったからね」

インポテンツの話から男のポテンツのことになって、五十をすぎてからどうもポテンシャルが落ちてきた気がするというふたりの感想が一致したところで、

「こんなことをいうと、男女のセックスについても調査したことがある文化人類学者の先生には釈迦に説法みたいな話になるけど……」

と京田がいって、ウイスキーハイボールを飲んでからつづけた。

「そもそも男ってのは、女とちがってごまかしが利かないからな、単純明快っていうか、勃つか勃たないかだから、どうしたってポテンシャルが気になる。で、否応なく、能力には限界があることも思い知らされる。だからこそ能力があるうちにできるかぎりそれを発揮しようと思う。つまり、一人の女では満足できない。これが男の本能であり宿命でもある――と俺は思うんだ。話がちょっと逸れちゃったから、最初の勃つ勃たないって話にもどすと、これも俺の思ってることなんだけど、大方の男は勘違いしてる。なにを勘違いしてるかっていうと、セックスはペニスを膣に入れることだと思っているとこだ。俺の経験からいうと、女は男が思っているほど必ずしもペニスの挿入を求めているわけではない。それが

わかれば、男はポテンシャルの不安や限界から解放されると俺は思うよ」

いささか酒に酔って饒舌になっている京田の話を黙って聞いていた遊佐だが、最後の挿入云々が気になって訊いた。

「前段はお説ごもっともだけど、女が挿入を求めてきたとき、エレクトしなかったら男は困るじゃないか。どうするんだ？」

「そのときはコレとコレがある」

京田は人差し指と中指を合わせて立てて見せ、ついでその指を口に当てた。つまり、指と口があるというわけだ。

「でもそれじゃあすまないだろう。第一、女が満足しない」

「確かにそういう女もいる。でも男と女はちがうんだよ。男は射精しないと満足できないけど、女はイケば満足できるんだ。ただ、その場合の女の満足には欠かせないものがある。気持ち的な満足というか、精神的な充足感だ。具体的にいうと、指でも口でもいい、イッたあと男からやさしく抱かれる。こういうフォローがあれば、大抵の女は満足するよ。逆にいえば、ペニス至上主義の男は、女に対してそういう接し方は絶対にしないし、できない。——とまァ、おまえさんの専門分野でいうところのフィールドワークから、俺はそう思ってる……なんだよ、呆れたみたいな顔して、俺のいってること、おかしいか」

京田が遊佐の表情に気づいて訊く。

「いや、呆れているわけでもないし、おかしくもない。それどころか驚いて感心したんだ」

「感心？　なんで？」

「ただの女好きだと思ってたら、まずそれがまちがいだったってことで驚いて、つぎにただのスケベなヤツだと思ってたら、女のセックスや心理をそこまで考えていることに感心したんだ」

「なんだよそれ。褒めてんのか茶化してんのか、どっちだよ」

冗談めかしていった遊佐に、京田は憤慨してみせた。

「見直したんだよ、だてに女遊びをしてきたんじゃないなって」

遊佐はいった。本音だった。

「そういう言い方をされると、返しようがないな。ありがとうっていうのも変だし……」

苦笑する京田に、遊佐は「まァな」と笑い返すと、さらに本音を洩らした。

「それより、おまえさんを見直すと同時にちょっと考えさせられたよ」

「なにを？」

「おまえさんは本質的に女に対してやさしい、温かい気持ちを持ってる。果たして俺におまえさんのような気持ちがあるだろうかって」

「よせよ。俺はそんな本質持ち合わせちゃいねえよ。それは明らかにおまえさんの分析ミスだ」

京田は顔の前で大袈裟に手を振り、笑っていった。

帰宅すると十時をまわっていた。今夜、娘の瑠璃子は友達のところに泊まりにいっていて、家にいるのは遊佐と加寿絵のふたりだけだった。

たぶん妻はもうベッドに入っているだろう。そう思って遊佐は自分で鍵を開けて自宅に入った。ダウンライトが点いている廊下を通ってリビングルームに入ると、薄暗い中にキッチンから明かりが洩れていた。

遊佐はキッチンにいって水を一杯飲むと、浴室に向かった。手早くシャワーを浴びながら、考えていた。

——京田に分析ミスだといわれたけれど、俺の場合、職業柄、知らず知らずのうちに分析癖のようなものが身についていて、女を見るときも、『女とは』というデータの分析から導き出された、いってみれば固定観念で見ているところがあるかもしれない。つまりそれは、女を生身の女として見るという観点からはおのずと遠のいていく結果を招き、ひいては女に対するやさしさや温かみに欠けるということになるのではないか。なにより、本当の意味で女というものがわからなくなるのではないか。

そういうことが、令子、毬奈、そして妻の加寿絵、三人の女との関係を通してどう変わるのか、それとも変わらないのか、わからない……。

そんなことを考えていると、女という迷宮に足を踏み入れているような気持ちになった。

浴室を出て二階に上がっていった遊佐は、妻の寝室の前で立ち止まった。遊佐の脳裏に、あの夜のこと——令子とはじめて出会った夜、眠っていた加寿絵のベッドに入って強引に行為を迫ったときのこと——が浮かんだ。

あれから二カ月ちかくになる。これまで妻とは一度もセックスしていない。遊佐とふたりきりの今夜、加寿絵はまだ起きていて、遊佐が入ってくるのを期待しているかもしれない。

そう思うと、目の前の、妻の寝室のドアが鏡に見えて、遊佐はうろたえた。そこに映っているのが、ひどく下種な感じの男に見えたからだ。

遊佐が今夜京田と会ったのは、妻とふたりきりになるのを避けるためだった。さらにいえば、二カ月ちかくセックスのない妻とふたりきりになる状況から逃げたのだ。かといって遊佐は、今夜妻を抱くわけにはいかなった。明日の日曜日、令子と逢うことになっていたからだ。それもはじめて昼間、彼女の部屋で——。

遊佐は足音を殺して自分の寝室に向かった。

6

教えられた令子が住んでいるマンションは、勤務先のテレビ局までの通勤時間が三十分とかからない、便のいい場所にあった。

洒落たエントランスを入ってオートロックの部屋番号のボタンを押すと、ほどなく令子の声の応答があって、入口のドアが開いた。遊佐は中に入ってエレベーターに乗った。

ホテルではなく、令子の部屋で逢うことになったのは、彼女からいいだしたことだった。

そのとき遊佐は、「いいの?」と訊いた。すると令子はうなずき、蠱惑的な笑みを浮かべて「わたし、困ることはないので」と、人気テレビドラマの主人公の女医がいう決めゼリフを真似て答えた。離婚したあと男関係はないらしかったが、そのことを遊佐に明言したのかもしれない。

エレベーターの中で腕時計を見ると、約束の時間ほぼきっかりの二時だった。

「料理はあまり得意じゃないんだけど、パスタぐらいならできるから、それでもよかったらうちでディナーしません?」

部屋で逢う時間を決めたあと、令子はそういった。もちろん遊佐は同意した。二時に逢って、さらに夕食を挟んで、ということになれば、いままでになくゆっくり情事を楽しむことができると思って。

令子の部屋の前に立ってインターフォンのボタンを押すと、すぐにドアが開いた。そこで待っていたらしい令子が笑いかけてきた。

「いらっしゃい。どうぞ」

「お邪魔するよ」

笑い返して遊佐は中に入った。

「いい部屋だね。すっきりしてて、センスがいい」

「女の部屋らしくないでしょ。飾りたてるの好きじゃないからなんだけど、この部屋にきた人は大抵、男の部屋みたいだっていうの」

室内を見まわしていった遊佐に、令子が苦笑しながらいう。

離婚してから住みはじめたという部屋の造りは、1LDKにウォークインクロゼット付きで、独り暮らしに過不足ない。二十畳あまりあるLDKは、確かに装飾的なものはほとんどなく、家具類も必要最低限にしぼった感じで、シンプルそのものだ。それに全体の色調が白と黒のモノトーンで統一されているため、よけいにすっきりして見える。

遊佐は手土産を令子に渡した。手提げの紙袋に入っているのは、バラの花とシャンパンだった。令子はお礼をいって、遊佐にソファをすすめると、

「じゃあシャンパンは冷やしておいて、ディナーのときにいただきましょう」

そういいおいてキッチンに向かった。その後ろ姿を見ながら遊佐はソファに腰を下ろした。

今日の令子の服装は、コクのある黄色の、襟元が大きく開いた長袖のカットソーに、白いサブリナパンツという格好で、その官能的なヒップラインが遊佐の欲情をくすぐった。

「飲み物、なにがいいですか。コーヒー？　それともうお酒のほうがいいかしら」

アイランド型のシステムキッチンから、バラを花瓶に差しながら令子が訊いてきた。

「いや、酒はあとにしよう。酔っぱらって楽しみがふいになったら、元も子もないから。コーヒーをいただくよ」

「どんな楽しみかしら」

笑い顔の遊佐を令子が見て、秘密めかした感じの、色っぽい笑みを浮かべて訊く。

「きみが思ってるのと同じことだよ」

「あら……てことは、先生と奥さんのこと？　でもこれって、楽しいこと？」

令子が真顔で応酬する。思いがけない切り返しに遇って遊佐は戸惑わされ、苦笑いして、

「楽しいこととはいえないな。でもなんでまた、そんなことを思ってたんだ？」

「こんなこと、わたしがいえることじゃないんだけど、ずっと気になってたの。先生、奥さんとうまくいってるのかしらって。わたし、わたしのせいで先生と奥

さんがおかしくなることだけは絶対にいやなの」

真剣な表情のままそういいながら、令子はバラを活けた花瓶を持ってアイランド型のキッチンをまわり、食卓の上にそれを置いた。そして、またキッチンの向こう側にいくと、コーヒーを淹れる準備をしはじめた。

その一連の動きを眼で追っていた遊佐は、ジャケットを脱いでソファから立ち上がると、キッチンにいった。令子の後ろ立つと、電気ケトルのスイッチを入れようとしている彼女の手を制して、そっと抱き寄せた。

「気遣いさせてすまない。心配なく。いまのところ問題なくやってるよ」

いいながら両手を令子の胸にまわし、カットソーの上から膨らみを揉む。

「いってることと、してることのギャップがありすぎ」

令子が身をくねらせて揶揄するような口調でいう。

「ギャップっていうのは、セックスシーンにおいて、刺激を強めるという効果もあるけど、この場合はどう?」

「……あるとしたら、場所がキッチンってことかしら」

令子の声がうわずっている。遊佐の手が胸の膨らみを徐々に強く揉んでいるからだ。

「だね。さらにいえば、裸にエプロンだったら、もっと刺激的だったろうな」

遊佐がいうと、令子がおかしそうに笑って、

「男の人って、そういうのが好きみたいだけど、どうして？」

「それはだね、男の性本能の在り方にかかわってくることなんだけど、簡単にいえば男ってのは、スケベなことを考えたり想像したりして欲情する、逆に欲情するときはスケベなことを考えたり想像したりしている、そのスケベなことが裸にエプロンだったりするわけだ」

いいながら遊佐は片方の手で胸を揉み、一方の手で令子の腰や太腿を撫でまわし、令子は身をくねらせている。

「一言でいえば、スケベだからってこと？」

「そう。これは女にとっても重要なことなんだよ。スケベじゃない、つまり欲情しない男は、すなわち勃起しない。そんな男は魅力ないだろ？」

「はい、先生。非常にわかりやすいです」

令子が笑いを含んだ口調でいう。

「うん、いい学生だ」

遊佐も笑っていうと、

「それよりもさっきの言い方だと、裸にエプロンの経験がありそうだな」

「任せてもらって、ご想像にお任せします」

「さっきから想像してたよ。だからほら──」

遊佐は下腹部を令子のヒップに強く押しつけた。「あんッ」と令子が甘い声を洩らした。ペニスはもう強張ってきていた。

遊佐は令子のうなじに口をつけた。令子が首をすくめて喘いだ。令子の首筋に唇を這わせながら、遊佐はサブリナパンツのウエストのフックを外し、ジッパーを下ろしていく。令子は小さく喘ぎながらされるがままになっている。

令子の後ろにひざまずくと、遊佐はパンツを引き下ろした。むちっとしたヒップと一緒に煽情的な下着が現れた。肌色のパンストの下に透けているのは、白いTバックショーツだ。

遊佐はパンストを下ろした。ぷるんと弾んで裸の尻があらわになった。パンストを抜き取ると、遊佐は尻に頬ずりした。令子が喘いで腰を振る。色っぽく熟れた尻肉を、遊佐は甘嚙みした。

「アアッ──！」

令子が軀をヒクつかせると同時にふるえ声を発した。

遊佐はひざまずいたまま、令子を向き直らせた。目の前のセクシーな下着をつけた腰部に欲情を煽られながら、かろうじて秘苑を覆っているショーツの上端をつかみ、引き上げた。

「アンッ、だめ……」

令子が戸惑ったような声を洩らして腰をくねらせる。ショーツが紐状になって割れ目に食い込み、その両脇から陰毛が覗いた状態になっている。

紐状になっているショーツを、遊佐はクイクイ引き上げた。ショーツで割れ目がこすられて、令子が悩ましい表情を浮かべてきれぎれに感じた声の喘ぎを洩らす。

遊佐はショーツを脱がした。令子は両手で下腹部を隠した。

「キッチンで下半身を丸出し——そそられる格好だね」

「いや……」

令子が軀をくねらせて笑っていう。

遊佐は令子の太腿に両手をかけて開かせようとした。瞬間、令子は太腿を締めつけたが反射的にそうしただけで拒む意思はなかったらしく、すぐに力を抜いて半歩ほど足を開いた。

下腹部を隠している令子の両手を、遊佐はどけた。令子は黙ってされるままになった。

遊佐は手で陰毛を撫で上げると割れ目を押し分けた。肉びらがぱっくり口を開けて、ピンク色の粘膜があらわになった。そこはすでに濡れ光っている。

そのまま見ていると、名器の粘膜が生々しくうごめいて、収縮弛緩を繰り返す。見上げると、令子は顔をそむけていた。興奮が浮いた表情で息を乱している。

割れ目の上端を押し上げて、過敏な肉芽を露出させた。そこに口をつけた。

「アアッ——!」

令子が腰をヒクつかせて昂ったふるえ声を放った。

遊佐は舌を使った。肉芽をまるくこねたり、上下左右にかるく弾いたり、さらには口に含んで吸いたて舌でくすぐったり……。

令子の感じた喘ぎ声が感泣に変わってくるのにさほど時間はかからなかった。じっとしていられないらしく、腰が小さく律動しはじめると、声も息遣いも切迫した感じになってきた。

「いいッ……ああだめッ……もうイクッ、イッちゃう!」

感じ入ったような声でいうと、「イクイクッ」と弾んだ声で訴えながら腰を振りたてる。

遊佐は立ち上がった。すると令子がその前にひざまずいた。それも立っていられなくて崩折れるような感じで。

遊佐の指示を待たずに令子がベルトを緩め、チャックを下ろすと、ズボンを脱がす。ついで前が盛り上がっているボクサーパンツも――。

「はじめてのときを思い出すな」

見下ろしている遊佐がいうと、令子が見上げた。ドキッとするほど色っぽい眼つきでちらっと見ただけで、強張りに両手を添えると、唇を寄せてくる。亀頭に唇が触れるのとほとんど同時に眼をつむり、舌をからめてきて、ねっとりと舐めまわす。

最初から遊佐が思ったことだが、令子のフェラチオは、感触だけでなく気分も男を気持ちよくさせるところがある。テクニックが上手なのはいうまでもなく、令子自身がフェラチオを好んでしていることが男にもわかって、それが伝わってくるからだった。

いまもそうだ。興奮に酔ってうっとりしているような艶かしい表情で怒張を舐めまわしたり、くわえてしごいたりしている。

「令子のフェラは、男がやみつきになるフェラだね」

遊佐の言葉に、怒張をくわえたまま令子が上目使いに見る。

「気持ちよくて、いつまでもしゃぶってもらいたい……」

笑いかけていった遊佐を、上目使いの眼が色っぽく睨む。そして令子は口を離すと、怒張を凝視して小さく喘いだ。興奮と欲情が一緒になった感じで、表情が強張っている。

「ほしい？」

遊佐が訊くと、こっくりうなずく。遊佐は令子を抱いて立たせた。後ろを向かせると、すぐに遊佐の意図を察したらしく、アイランド型キッチンの台に両手をついてヒップを突き出した。

先日、上半身着衣で下半身を露出して令子と同じような体位を取った毬奈の姿が、遊佐の脳裏に浮かんだ。あのとき毬奈の姿よりも令子のそれのほうが遊佐には煽情的に見えた。ふたりの尻を比較して見たとき、張りも弾力もある毬奈のそれがプラスティックを想わせるのに対して、令子のそれは見るからに熟れた感じの生々しさと色っぽさ、それにいやらしささえ感じさせるからだった。

その尻朶の間に、さらに生々しい割れ目が覗いている。遊佐は怒張を手にすると、令子の腰に手をかけて、亀頭で割れ目をまさぐった。

女蜜でヌルヌルしているそこを上下にこすっていると、

「ううん……ああん、もう……」

令子がもどかしそうに腰をくねらせる。

遊佐は訊いた。

「もうなに？」

「きて」

「もっと具体的にいってほしいな」

「うん、焦らしちゃいやッ……入れてッ」

「焦らされるのもいいんじゃないか。そのぶん感じ方が鋭くなって、快感が強まるだろ？」

「いやッ。いまはもういいの、入れてほしいの。おねがいッ」

令子がくねくね腰を振って懇願する。

遊佐は亀頭を膣口に宛てがった。押し入った。ヌルッと亀頭が滑り込むと同時に令子が息を呑むようすを見せた。蜜壺の感触を味わいながらゆっくり、奥まで押し入っていくと、令子がのけぞって「ウウ～ン」と感じ入った声を洩らした。

そのまま遊佐がじっとしていると、名器がエロティックにうごめいて怒張をくすぐりたて、くわえ込もうとする。ゾクゾクするその快感を味わってから、遊佐は緩やかに腰を使った。

「アアッ、いいッ、アアンッ、いいッ……」

令子が言葉どおりの感じがこもった声でいう。――と、両手をキッチンの台についた体勢を取っているのがむずかしくなったか、それとももっと奥まで突いてほしくなったか、台に両肘をついてさらにぐっと尻を突き出した。

遊佐は下腹部を見て抽送した。肉びらの間に収まっている肉棒が、女蜜にまみれてヌラヌラした胴体を見せてピストン運動するさまがもろに見える。

令子が洩らす声が感泣になってきた。肉棒は奥まで突き入っては膣口ちかくまで引く、長いストロークを繰り返しているが、それによってかきたてられる快感にくわえて、上体を落として大胆に尻を突き出しているため、それまでとは肉棒が収まっている角度がちがい、当然刺激される膣内の場所もちがって、それもいいらしい。感泣にまじって、「そこ、いいッ」と令子がいって腰をくねらせる。

「ああッ、我慢しようと思ってたけど、もうだめッ。イッていい？」

息せききって訊いてきた。

「いいよ、イッてごらん」

遊佐がいうと、令子はその気になったらしく、自分も軀を揺すりはじめた。そから三十秒ほどで「イクッ！」と呻くようにいったかと思うとのけぞり、軀をわななかせた。

遊佐はいったん怒張を抜いて令子を向き直らせた。令子はキッチンの台にもたれて、オルガスムスの興奮さめやらない表情で息を弾ませている。遊佐は令子の片方の脚を持ち上げてキッチンの台の上に乗せた。そして怒張を手にすると、割れ目をまさぐって押し入った。

令子が昂った喘ぎ声を洩らして遊佐の首にしがみついてきた。遊佐はキスにいった。舌を差し入れると、令子のほうからせつなげな鼻声を洩らして舌をからめてきた。それもたまらない興奮と快感を訴えるように熱っぽく。その舌の動きに呼応したように名器がうごめいて怒張をくすぐってくる。

遊佐が動くより先に令子がもどかしそうに腰を振る。遊佐も腰を使った。令子が口を離した。

「アアンッ、これいいッ」

泣き声でいう。斜め前から膣にペニスを挿入して抽送しているこの状態が、さきほどまでの後背位での行為とちがった快感があっていいらしい。

「アアッ、またイッちゃいそう……ね、もうベッドで、ベッドにいきましょ」

令子が懇願する。ひとりでにそうなるのか、腰を律動させている。

「そういえば、コーヒーがまだだった。ベッドとコーヒー、どっちが先がいい?」

遊佐が笑いかけて訊くと、

「ウンッ、決まってるでしょ」

色っぽく睨んでいう。

「じゃあコーヒーか」

「いやッ、意地悪ッ!」

いうなり令子がしがみついてきた。その肩ごしに居間スペースが見え、その先にベランダに降り注いでいる初夏の陽差しが見えて、遊佐は思った。まさに昼下がりの情事。長い情事になりそうだ……。

第四章　妖しい迷宮

1

遊佐はナイトテーブルの上のデジタル時計を見やった。

ＰＭ２：58――。

そろそろ毬奈がやってくるはずだった。

――この日テレビ出演を終えたあと、遊佐は前もってチェックインしていたこのホテルに直行した。木曜日の午後は、遊佐の担当する講義はない。ホテルの部屋にくるとすぐにシャワーを浴び、いまはバスローブ姿で窓辺の椅子に座ってビールを飲んでいるところだった。

このところ、このパターンで毬奈と逢っている。といってもこれが三回目だった。

視線を窓の外に移した遊佐は、まぶしさに眼を細めた。夏の陽差しが副都心の高層ビル群の窓ガラスに当たって反射していた。

眼を細めた瞬間、チクッと胸を針で刺されたような痛みをおぼえた。その前に室内から窓の外に視線を移しているとき、教え子の女子学生と昼間からホテルで……という思いと一緒にいまさらながらの罪悪感が胸によぎっていたからだった。

そのときチャイムが鳴った。約束の時間の三時を一分すぎていた。

遊佐は立ち上がってドア口に向かった。ドアを開けると、毬奈が笑みを浮かべて立っていた。どうぞ、と遊佐が手でうながすと、入ってきた。

午後の一時限目の授業を受けてからホテルにきたはずの毬奈は、白い革の大きめのトートバッグを肩からかけていた。服装は、水色に白いボーダーが入ったノースリーブのワンピース。丈はミニで、脚線美の先には、ブルーのエナメルのパンプス。ファッションセンスもいいが、学生にしてはおしゃれに金をかけているのがわかる。それができるのは、実家が金沢の有名な老舗旅館だからだろう。

バッグをベッドの上に置くと、毬奈は遊佐のほうに向き直って両腕を首にまわしてきた。遊佐は唇を合わせ、みずみずしい毬奈の唇をついばんだ。舌を差し入れていくと、毬奈のほうから甘えたような鼻声を洩らして舌をからめてくる。

濃厚なキスをつづけながら、遊佐は両手を毬奈のヒップにまわしてワンピース越しにそのまるみを撫でた。ぷりんとした若い尻肉を撫でまわしてからワンピースを引き上げ、下着越しに両手で尻肉をわしづかんだ。

「ああんッ」

毬奈が唇を離して喘いだ。遊佐は繰り返し尻肉をつかんだ。そのたびに毬奈が喘ぎ、キュッと尻肉をしこらせているうちに、可愛らしい顔に興奮の色が浮いてきた。遊佐との情事はまだ数回だが、毬奈の性感は明らかに過敏になってきていて、いまもそれが現れているようだ。やはり、膣でオルガスムスを経験したことが大きかったのだろうと、遊佐は見ていた。

「ね、シャワー浴びさせて」

毬奈がいった。

「このままでいいよ」

「だめ。汗かいちゃってるから」

「毬奈なら、汗も美味しいんだよ」

「やだァ」

嬌声をあげた毬奈を、遊佐は半回転させて後ろを向かせた。タイトなワンピースが腰の上までずれ上がったままで、肌色のパンストとローズピンクのハイレグショーツをつけた、ゴムまりのようなヒップがあらわになっている。

遊佐はワンピースの背中のジッパーを下ろしていった。V字状に開いていくワンピースの間から、贅肉のないきれいな背中とショーツと同じ色のブラが覗く。ジッパーをいっぱいまで下ろすと、遊佐は毬奈の首にちかい肩に唇をつけた。毬奈が首をすくめ、喘いでのけぞった。遊佐はさらに肩を甘噛みした。

「アアッ——！」

軀を硬直させて、毬奈がふるえ声を洩らした。

確かに肌が汗ばんでいる感じで、わずかにしょっぱい味がする。遊佐は毬奈のうなじに唇を這わせながら、ワンピースをずり下げていった。それにつれてプロポーション抜群の若い女体がくねって、遊佐の眼を愉しませる。

ワンピースを脱がすと、遊佐はいった。

「パンストを脱いで、靴を履き直してごらん」

「え!? どうして？」

毬奈が怪訝な口調で訊く。

「ちょっと刺激的なことをしてみようと思ってね」

いいながら遊佐はブラのホックを外し、ブラを取った。毬奈が向き直った。

「どんなこと？」

パンプスを脱ぎながら訊く。興味津々の顔つきだ。

「いまにわかるよ」

遊佐が思わせぶりに笑っていうと、

「どうせいやらしいことなんでしょ」

と、睨んで笑い返し、パンストを脱いでいく。

毬奈が素足にパンプスを履き直したのを見て、遊佐は興奮した。

「いいね。その格好、ちょっとアブノーマルな感じがあって、すごくエロティックだよ」

「なんだか変な感じ……だって、ふつう、こんな格好しないし、でもちょっと刺激的かも……」

毬奈が軀をくねらせて戸惑ったような笑みと口調でいう。両腕でバストを隠しているが、身につけているものがローズピンクのハイレグショーツとブルーのエナメルのパンプスだけの、その格好とその裸身は実際、遊佐と毬奈がいったとおり、ふつうしないところにアブノーマルな感じがあって、妙にエロティックで刺激的だ。

遊佐はバスローブを取った。黒とグレーのチェックのボクサーパンツの前が持ち上がっている。それを毬奈が指差して、クスッとおかしそうに笑った。遊佐は苦笑いしてその手を取るとベッドの足元側に腰を下ろし、後ろを向いて膝にまたがるよう毬奈をうながした。毬奈はいうとおりにした。

「ほら、見てごらん」

「……やだァ」

毬奈が嬌声をあげて両手で股間を押さえた。正面にあるドレッサーの鏡に、股を開いて遊佐の膝にまたがっている自分の、恥ずかしい姿が映っているのだ。

「こうやって鏡に映ってるのを見ながらしたことは?」

両手が股間にいっているのであらわになっている乳房を、遊佐が両手で愛撫しながら訊くと、ないというような毬奈はかぶりを振る。いやがっているようすはない。それどころか興奮しているような表情で鏡を見ている。

「手をどけて」

そういって遊佐が両手を使って股間から手を離させようとすると、毬奈はされるがままになった。一部にレースがあしらわれているローズピンクのショーツが、かろうじて秘苑を覆っている股間があらわになって、ショーツの股布部分の、ふっくらとした盛り上がりが遊佐の視覚を刺激し、分身を甘くうずかせた。

遊佐は片方の手で乳房を揉みながら、一方の手を毬奈の下腹部に向けた。ショーツの上端までいって手を入れるかと見せて鼠蹊部に這わせ、さらに遊佐が膝を開いているためおのずと毬奈の脚も大胆に開いている、その内腿をなぞる。鼠蹊部から膝頭、膝頭から鼠蹊部やショーツの股ぐりの部分を、指先や手で繰り返し思わせぶりになぞったり撫でたりする。

「アンッ……ャッ……アァッ、だめッ……」

遊佐の手の動きを眼で追いながら、毬奈が戸惑ったり、うろたえたりしているような表情と声を洩らして腰を振り、身悶える。

内腿や鼠蹊部だけでなく、上半身すべてを、遊佐が両手で愛撫しはじめると、毬奈の反応が変わってきた。興奮した表情で明らかに感じているとわかる悩ましい喘ぎ声を洩らしながら、さもどかしそうに裸身をくねらせはじめたのだ。

遊佐はショーツの上に手を這わせた。それだけで毬奈は昂った喘ぎ声を洩らして軀をヒクつかせた。相当、過敏になっている。そのまま遊佐は、割れ目が潜んでいるあたりを指先で搔いた。

「アアッ……ウウンッ……」

上下に繰り返し搔いていると、毬奈はたまらなそうに腰をうごめかせてふるえ声を洩らす。

「ショーツの上から触られるのも好きだっていってたけど、こうやって見ながら触られるのはどう？」

確かはじめてホテルにきたときだった。毬奈がそんなことをいったのだが、遊佐が割れ目にさらに指を食い込ませて搔きながら訊くと、

「好きッ、いいッ、アンだめッ」

悩ましい表情とうわずった声でいいながら、腰を小刻みに振る。

「そうらしいね。ここはもう大変なことになってるみたいだよ」

「アアン、だって～……」

遊佐の指は、ショーツ越しにも濡れた感触をとらえていた。遊佐は毬奈の耳元で囁いた。

「ここ、見てもいいかい？」

「ウンッ、しらないッ」

毬奈は可愛らしくすねて顔をそむけた。昂った表情をしている。

それを見てゾクゾクしながら遊佐はショーツの股ぐりに指をかけると、横にずらした。瞬間、毬奈が喘ぎ声を洩らしたが顔はそむけたままだ。

きれいな割れ目があからさまになって、ピンク色の肉襞まで濡れがひろがっている。

「ほら、見てごらん」

いうと同時に遊佐は両手で肉襞を分けた。

「アッ……イヤッ！」

毬奈が鋭い声を放った。鏡を見ている。というより割れ目がぱっくりと口を開けて、女蜜にまみれた粘膜を露呈している秘苑に、眼が釘付けになっている。

遊佐は両手で割れ目を開いたまま、指先で肉襞をなぞりながら訊いた。

「どうだ？　自分の性器を見た感想は」

「アアン、いやらしい……」

毬奈も鏡を見たまま、腰をもじつかせながらうわずった声でいう。

「毬奈の性器は、もっといやらしくてもいいくらいきれいだよ。いやらしく見えるのは、この失禁したみたいな濡れ方のせいだろう」

いいながら遊佐は指先でクリトリスを剝き出して、まるくこねた。

「アンッ、アアッ、アアンッ……」

とたんに毬奈が生々しい反応を見せる。感じ入った声を洩らして腰を律動させる。

鏡が刺激になって興奮も性感も高まってきている毬奈だった。過敏なクリトリスを指でなぶって絶頂に追いやるのに時間はかからない。たちまち切迫した反応を見せはじめると、感泣しながら絶頂を訴えて腰を振りたてた。

そこで遊佐は毬奈を連れてベッドに上がった。ショーツを脱がせ、自分もボクサーパンツを脱ぐと仰向けに寝て、シックスナインの体勢を取るよう毬奈をうながした。

毬奈は遊佐のいうとおりにした。反対向きに遊佐の上になって顔をまたぐと、怒張を手にして舌をからめてきた。

遊佐は顔を起こし、真上にある毬奈の割れ目に口をつけた。舌で肉芽をまさぐって、コリッとした感触のそれをこねると、毬奈がせつなげな鼻声を洩らし、遊佐の舌の動きに対抗するように、くわえている怒張を口腔でしごく。

そうやってせめぎ合っているると、遊佐は顔を起こしているのがきつくなった。顔を下ろし指を使おうとして両手で肉襞を分けると、きれいな貝の肉のような粘膜が喘ぐような動きを見せて収縮した。

そのまま見ていると、収縮と弛緩を繰り返し、それに合わせてそのすぐの上のアヌスも同じ動きをしている。

それは、当初の毬奈の性器にはない反応だった。それだけ性感にめざめてきて、軀がそういう反応をおぼえたということだろう。そう思って欲情を煽られながら、遊佐はエロティックな動きを見せている粘膜に指を挿し入れた。毬奈が呻くような声を洩らして腰をくねらせた。

「おおッ、すごいよ。毬奈のここ、締めつけてきてるぞ」

興奮して遊佐はいった。挿し入れたまま動かさないでいる指を、窮屈な感じの蜜壺がクッ、クッと締めつけてきているのだ。

「ウウ〜ン……」

悩ましい声を洩らして毬奈が怒張から口を離し、手でしごく。遊佐も指を抽送した。

「アアいいッ、アアン気持ちいいッ」

持ち上げていられなくなったか、毬奈が腰を落としてきた。遊佐は指を蜜壷に挿したままその舌に口をつけると、舌で肉芽を弾きながら指をうごめかせた。

毬奈が昂った声を洩らしてまた怒張をくわえ、激しくしごく。が、すぐにくわえていられなくなったらしく、口から出すとふたたび手でしごきながら、遊佐の舌と指でかきたてられる快感のたまらなさを訴えるような感泣を洩らす。

「もうだめ~、だめ~、イッちゃう~」

よがり泣きながら毬奈は軀をわななかせた。

「上になっていいよ」

達して突っ伏している毬奈に、遊佐は声をかけた。

毬奈はゆっくり起き上がると、遊佐のほうを向いた。興奮が貼りついたような顔に、どこかうれしそうな表情を浮かべると、遊佐の腰にまたがって怒張を手にする。そのまま屈み込んで割れ目に亀頭をこすりつけているのを、遊佐が顔を起こして見ていると、ヌルッと怒張が蜜壷に滑り込んだ。

声もなく、毬奈がのけぞった。苦悶の表情を浮かべている。怒張はまだ半分ほどしか入っていない。毬奈が恐る恐るという感じで腰を落としていく。怒張が身ぶるいするような快感と一緒に蜜壷に収まっていく。

「アアッ──ウーン！」

腰を完全に落としきると、毬奈はまたのけぞって感じ入った声を発した。快感が声になって迸り出た、という感じだった。

遊佐は両手を伸ばして乳房をとらえ、やさしく揉んだ。毬奈がその腕につかまって、緩やかに腰を使う。

「アアいいッ、先生の、奥に当たってるッ……アアッ、グリグリ当たって、いいッ、いいのッ」

泣き声で快感を訴えながら、引き締まった腰の動きが徐々に律動に変わってくる。

最初は膣の奥にペニスが当たると痛いといっていた毬奈だった。それがいまやその当たる感覚が泣くほどの快感に変わって、みずから腰を振ってそれを貪っている。

そんな教え子を見上げている遊佐の頭にふと、京田の忠告が浮かんだ。教え子ってのは、ヤバイいんじゃないか。しかもその毬奈って子の場合は、おまえさんにはじめて女の歓びを教えられたわけだからさ、そういうのが一番厄介なんだよ。うまく付き合わないと、こじれたら大変だぞ。

忠告は頭をよぎっただけだった。いまの遊佐にとっては、目の前の若さが弾けそうな裸身と、怒張をくすぐりたててくるみずみずしい蜜壺がすべてだった。

2

週末土曜日の人出のせいだろう。午後三時という通勤時間帯ではないにもかかわらず、電車の中はそこそこ混み合っていた。

座席に座っている遊佐は当初、帰宅してからのデスクワークのことを考えていたが、そのうち明日の日曜日に逢う予定の令子のことを思っていた。それもどんなやり方でセックスを楽しもうかとあれこれ想って、内心ニヤニヤしながら。

やがて我に返ると、周りの乗客を見まわしながら思った。この連中だって、頭の中ではなにを考えてるかわかったものではない。あの真面目そうな中年男だって、それにあの取り澄ました女だって、俺と同じようなことを考えているかもしれない……。

そう思って笑いをこらえていると、妻のことが頭に浮かんだ。妻の加寿絵とはもう二カ月以上していない。このところ罪悪感からそのことが気になっていた。

いつも通勤に利用する駅で電車を降りた遊佐は、久しぶりに妻と友人がやっているカフェを覗いてみようという気になっていた。開店当初なんどかいったきりだから、本当に久しぶりだった。

カフェは、駅を挟んで遊佐の自宅とは反対側にある。駅からは徒歩で五分そこそこの距離だった。

夏の陽差しが照りつける中、冷たいアイスコーヒーを飲みたいと思いながら、遊佐はカフェのちかくにある信号のところまできた。信号を渡った先がカフェだった。四人掛けのテーブル席が三つに、四五人座れるカウンターがあるだけのこぢんまりした店で、通りから店内が見える。

赤信号で立ち止まった遊佐は、店内を見やった。客はテーブル席に若いカップルが一組とカウンターに男が一人いるだけ。カウンターの中にいるのは加寿絵一人で、友人の姿はなかった。

加寿絵は男の客とにこやかに話していた。その笑顔が、わけもなく遊佐の気持ちに引っかかった。妙に弾んで輝いているようで、遊佐自身、あまり憶えがない笑顔に見えた。

そのとき不意に、熱い胸騒ぎに襲われた。男の顔が見えたからだ。チラッと見えただけだが、遊佐の知っている顔だった。その顔を見た瞬間、加寿絵の笑顔がただのそれではないとわかったのだ。

信号は青に変わっていた。だが遊佐は動かなかった。動けなかった。熱い胸騒ぎは、重苦しい疑惑のそれに変わっていた。

翌日、令子の部屋に向かう遊佐の足どりは気持ち同様、重かった。

昨日は帰宅してからなにも手がつかない有り様で、夜は夜でなかなか寝つけなかった。

カフェで見た男は、七年前に卒業した、元遊佐のゼミの学生だった。名前は、筒井翔平。在学中、遊佐のゼミに入ってからは遊佐の自宅へもなんどか遊びにきたことがあって、加寿絵もよく知っている学生で、卒業後は都庁に就職した。成績は優秀なほうだった。

その筒井翔平と加寿絵の悩ましいシーンが、つぎからつぎへと頭に浮かんできて、遊佐はうろたえさせられ、嫉妬させられて、自分でも情けなく思うほど気持ちを掻き乱された。

ただその一方で、まさか、という否定的な気持ちもあった。自分のことはさておいて、まさか加寿絵が不倫なんてするはずがないと思うのだ。そして、自分の思い過ごしではないかとも——。

いずれにしても、遊佐の気持ちはすっきりしたものからは程遠かった。重いものが胸の底にあるような感じだった。

それが顔にも表れていたらしい。

「なんだか浮かない顔をしてらっしゃるけど、なにかよくないことでもあったの？」

顔を合わすなり令子が訊いてきた。

それこそ、まさか妻の話をするわけにはいかない。遊佐は苦笑いしていった。

「魅惑的な美魔女に出会ったおかげで、男のエキスを抜き取られて、その影響が出てきてるんじゃないかな」

「もしかして、美魔女ってわたしのことかしら？」

令子がおどけて訊き返す。

「ほかに誰がいる」

いって遊佐は令子を抱き寄せた。

「美魔女はわるくないけど、男のエキス云々は問題だと思うわ。わたし、もし欲深いとしたら、それは誰かさんのせい——ってことは、誰かさんの自業自得ってことです」

「もしかして、誰かさんてぼくのことか」

「ほかに誰がいます？」

ふたりとも真顔でいうと、ぷっと吹き出して、ほとんど一緒に唇を重ねた。すぐに濃厚なキスになって、令子が甘い鼻声を洩らす。

遊佐は、前の日曜日にセックスのあとのベッドの中で令子がいったことを思い出していた。

——性欲というのは、男と女とではちがうと思う。射精すなわち排泄という生理がある男とそれがない女とのちがいかもしれない。性欲が満たされないと、男と同じように女も欲求不満になるけれど、女の場合それは一時的なもので、というかその期間がどれくらいつづくかは個々ちがっていて、大多数の女はそのうち欲求不満を感じなくなる。逆にいえば、セックスしなくてもそれほど不満はない、という状態になる。そのあたり、男は勘違いしている。セックスする相手がいない女＝欲求不満という図式でしか考えない。

ただ、女にも女特有の生理がある。それは、欲求不満を感じなくなっていても、セックスをすることによって軀がめざめ、同時に欲求もめざめてくるというもので、そうなるとセックスを欲し、満たされないと不満になる。およそそんな意味のことをいって、「それがいまのわたし」と令子は自嘲ぎみに笑った。そこで遊佐が「つまり、寝てる子を起こしてしまったというわけか」と笑い返して訊くと、

「そう。だからちゃんと責任を取って……」

令子は色っぽい眼つきで遊佐を見て、欲望を解き放って萎えているペニスをまさぐってきた。——結果、その日遊佐は、京田の言を借りればダブルヘッダーに登板することになったのだった。

ふたりは居間のソファの上でいちゃつきながらたがいに服を脱ぎ、下着だけになった。

令子がつけているのは、薄紫色の総レースのブラとショーツ。しかもショーツはTバックで、すこぶるセクシーで煽情的な下着だ。

それを見て欲情を煽られた遊佐は、ベッドの上でゆっくり楽しみたいと思って令子をうながした。

「寝室にいこう」

「ちょっと待って。サプライズがあるの」

令子はそういうとスカーフを取り上げた。どういうつもりか、前もってソファの上に用意していたらしい。

「サプライズ？」

「ええ。これで目隠しして、ここで待ってて」

「どういうこと？」

訝(いぶか)る遊佐に、令子は秘密めかした笑みを返してスカーフで目隠しをした。視界を遮られた遊佐は、令子がそばから離れる気配を感じた。そのまま待っていると、ほどなく令子がもどってきた気配がした。

「目隠しをしたまま、わたしについてきて」

そういって令子は遊佐の手を取った。遊佐はソファから立ち上がり、いわれたとおり手を引かれるままついていった。

「目隠しを取って」

令子がいった。遊佐はスカーフを取った。思わず眼を見張って、

「おおッ、こりゃあすごい！」

興奮していった。

遊佐がはじめてこの部屋にきて、いまふたりがいるキッチンでことにおよんだときの会話をおぼえていたらしい。目の前に立っている令子は、全裸で腰に白いエプロンをつけた格好になっているのだ。

「最高のサプライズだ。とてもセクシーだよ」

あらわになっている熟れた乳房とエプロンの対比がある種倒錯的なエロティシズムを感じさせて、遊佐は煽情された。

「よかった、気に入ってもらえて」

令子が艶かしい笑みを浮かべ身をくねらせていう。

「まわって後ろも見せて」

遊佐がいうと、令子はゆっくりまわった。

「おお、後ろは前以上にエロティックだ。エプロンにTバックに裸の尻、刺激的な要素がそろってる……」

全裸かと思ったがTバックはつけていた。むしろそのほうが視覚的には煽情的だ。そのヒップを、令子が遊佐を挑発するようにうごめかせる。たまらず遊佐は抱き寄せた。

後ろから胸にまわした両手で乳房を揉む。令子が早くも昂った喘ぎ声を洩らしてのけぞる。遊佐は乳房を揉みながら、令子の首筋から耳へと唇を這わせる。令子がくすぐったそうな声を洩らして腰をくねらせる。すでにボクサーパンツの前を持ち上げている遊佐の強張りに、そうやってヒップをこすりつけてくる。遊佐は令子の耳の中に舌を挿し入れた。

「アアッ——！」

令子が軀をすくめてふるえ声を放った。そして、首を後ろにまわしてきた。キスを求めているのだ。遊佐は覗き込むようにして唇を重ねた。ふたりの舌がじゃれるようにからみ合って、令子がせつなげな鼻声を洩らす。

遊佐は令子を向き直らせようとして、ふとその手を止めた。キッチンの台の上のスカーフが眼に入ったからだ。

「両手を背中にまわしてごらん」

「……縛るの？」

令子の声は、どこかときめきが感じられる。

「ああ。そのほうが令子も刺激的だろ？」

「しらない……」

令子がつぶやくようにいって両手を背中にまわし、手首を交叉させる。

その手首を、遊佐はスカーフで縛った。

「そこに上体を伏せて、ヒップを突き出してごらん」

令子はいわれたとおりにして、遊佐の前に欲情をかきたてずにはいない情景を露呈した。

「うん、いい眺めだ。このむっちりした尻も、Tバックがクレバスに食い込んでるところも、いやらしくてたまらないよ」

「ううん、いや……」

令子が艶めいた声でいって、遊佐が手で撫でている尻をうごめかせる。

尻朶の間に、薄紫色のTバックの紐が割れ目に食い込んでいるさまが見えている。遊佐はその紐に指をかけて横にずらした。唇のような肉びらがあらわになった。肉びらの合わせ目が濡れて鈍く光っている。

遊佐は両手で肉びらを分けた。

「アアッ……」

令子がふるえ声を洩らして腰をくねらせる。露呈している粘膜は、溶けたバターを塗りたくったような状態だ。その粘膜が、遊佐の視線に感応しているだろう令子の気持ちを表すかのような、生々しいうごめきを見せている。

「この前、令子が女の性欲について話してたときいってたけど、まさにそのとおりだね」

遊佐は女蜜でヌルヌルしている割れ目を指でこすりながらいった。

「本当に眠ってた子を起こしてしまったようだ。セックスをするたびに感じやすくなって、そして濡れやすくなって、それになにより貪欲になってきた。そうだろ？」

「そう。先生のせいで……」

令子が身悶えながらうわずった声で答える。遊佐の指の動きをもどかしがるように、尻を上下させたり左右に振ったりしている。

「責任を取らなかったら、どうなる？」

令子の動きが止まった。

「……なにか、あったの？」

探るように訊く。顔も軀も頭もいいが勘もいい。

「いや」

といって遊佐は指を蜜壺に挿した。クッと令子が軀を硬くし、小さく呻いた。

名器が遊佐の指をくすぐる。──と、令子が、たまらなそうに身をくねらせる。

遊佐は指を抽送した。

「アアッ……ウウン……アアンいいッ……」

感に堪えないような声を洩らしながら、まさに貪欲に快感を得ようとするかのように、令子が自分から軀を律動させる。

「このままイッちゃうか、それとももうちょいイクのを我慢するか、どっちがいい？」

「いや、ガマン、する」

令子がすねたような口調でいう。これも令子の口から聞いたことだが、すぐにイクよりも我慢してイッたほうが快感が強い。それでそういっているのだが、これまた貪欲さの表れだった。

遊佐は指を引き揚げると、令子を向き直らせた。

令子は興奮の色が浮きたった表情で息を乱しながら、キッチンの台にもたれている。

遊佐はエプロンをめくった。薄紫色のショーツをつけた腰部が現れた。エプロンをつけているだけで、その腰部がよけいに煽情的に見える。それを眼で愉しんでから、令子を後ろ手に縛っているスカーフを解いた。

「エプロンをつけた格好でフェラチオをしてもらおうか」

いいながらボクサーパンツを脱ぐと、令子は黙ってその前にひざまずく。勃起してほぼ水平にまで持ち上がっているペニスを、両手で捧げ持つようにして唇を近寄せてくる。唇が亀頭に触れると眼をつむり、舌を覗かせてちろちろ躍らせて亀頭をくすぐる。そして、ねっとりとからめてくる。

全裸にエプロンという格好でひざまずいてペニスをしゃぶっているその姿は、〝性奴隷女の奉仕〟という図を想起させて、遊佐を興奮させた。それはいままでにない、ある意味新鮮な興奮だった。

そんな興奮をおぼえながら、ペニスをくわえて顔を振っている令子を見ているうちに、遊佐の中にささくれだった欲情が込み上げてきた。

それは、今日令子と会ったときから遊佐の中で遣り場のない気持ちと一緒にくすぶりつづけていた、刺々しい欲情だった。その原因は遊佐自身わかっていた。妻の加寿絵と筒井翔平への疑惑のせいだった。

遊佐は令子を抱いて立たせ、抱きしめた。キスにいって令子の舌をからめて取りながら、両手を裸の尻にまわして揉みしだいた。

「ウンッ……ウフンッ……」

令子が艶かしい鼻声を洩らして舌を熱っぽくからめ返してくる。

遊佐は唇を離すと、令子を真っ直ぐ見ていった。

「もう一度手を縛って、令子を犯したい――いいか」

令子は驚いた表情を見せた。が、真顔の遊佐に気圧されたようすで、こっくりうなずいた。

遊佐はスカーフを手にすると、令子をうながして寝室に向かった。

令子は寝室にセミダブルのベッドを置いている。ベッドのそばで令子の両手を後ろ手にして縛ると、遊佐は彼女をベッドに上げた。

犯すという行為から真っ先にイメージする体位――後背位の体勢を、令子に取らせた。後ろ手に縛られているので、ひざまずいて上体を前に倒すとおのずと顔と肩をベッドにつけた状態になり、そのためこれ見よがしに腰が持ち上がって、まさに犯してくださいといわんばかりの格好になる。

遊佐は令子の後ろにひざまずいた。令子は白いエプロンをつけたままだ。ウエストに結んだその紐が少しく異常性を感じさせて、遊佐の欲情を煽った。

さらに煽情的な情景がそこにある。見ているだけで襲いかかりたい衝動に駆られる、むっちりとしてまろやかな尻と、その間にあからさまになっている、淫猥さがいやでも欲情をかきたてる秘苑だ。

遊佐はその尻に手をかけ、一方の手に怒張を持つと、令子を見やった。令子はベッドに顔を横たえている。眼を開けてベッドの上を見ているその顔に、興奮の色がはっきりと浮きたっている。

遊佐はTバックの紐を横にずらして、割れ目に亀頭を宛てがった。まるで失禁したように濡れているそこを上下にこすった。クチュクチュという濡れた音がたって、令子が艶めいた喘ぎ声を洩らして尻をもじつかせる。

「犯されようとしてるのに、なんだ、そんな感じた声を出して」

遊佐が叱責すると、

「いやッ、やめてッ」

とたんに令子がこれまでにない反応を見せた。遊佐の叱責も故意だったが、すぐにそれに合わせたのだ。つまり、レイププレイモードに入って——。

そうとわかっても、拒絶して身をくねらせる令子に遊佐は興奮を煽られ、彼女の中に押し入った。

令子が苦悶の表情を浮かべて呻いた。遊佐が蜜壺を貫いたままじっとしていると、秘めやかな粘膜がエロティックにうごめいて怒張をくすぐる。

「アアッ……ウウ～ン……」

令子が感じ入ったような声を洩らしてもどかしそうに身をくねらせる。それに合わせたように、蜜壷が怒張をくわえてしごくようなうごめきを見せる。

なぜか、その煽情的な生々しい動きが遊佐の脳裏に妻の加寿絵と筒井翔平の情事のシーンを浮かび上がらせた。

それを振り払うように遊佐は腰を使いはじめた。令子が感泣するような声を洩らす。その声が遊佐の興奮を煽った。嫉妬や怒りが入り混じった、屈折した興奮を——。

3

その夜、遊佐はいささか酔って帰宅した。教授会のあとの飲み会で、多少飲みすぎたせいだった。

時刻は十時をまわっていた。自宅に入るとリビングの天井灯が点いていたが、加寿絵も瑠璃子ももう自分の部屋に引き揚げたのか、そこにはいなかった。

キッチンに入って水をコップ一杯飲んで出てくると、突然「キャッ！」と悲鳴があがって、遊佐はびっくりした。

「やだァ、もうォ。驚かさないでよォ」

瑠璃子が憤慨していった。浴室から出てきたところらしい。軀にバスタオルを巻いただけの格好だ。

「こっちだってびっくりしたよ。お母さんもおまえも、もう部屋にいってるもんだと思ったから。お母さん、帰ってるんだろ？」

「帰ってるよ。お店忙しくて疲れたっていってたから、もう寝てるんじゃない」

瑠璃子はそういいながら遊佐の脇を通ってキッチンに入った。そして、遊佐と同じように水を飲んで出てくると、

「おやすみなさい」

といって二階に向かっていく。

その後ろ姿を見送りながら、遊佐は内心動揺した。瑠璃子がコップの水を飲み干しているとき眼にした、バスタオルの胸の盛り上がりと、いま後ろ姿と一緒に見えている、バスタオルから露出した太腿——それが脳裏で毬奈の裸身とダブッたからだ。

これまで遊佐は、娘の瑠璃子をまだ子供だと思っていた。だがいまはじめて、こんなにも成熟していたのか、と気づかされて驚いた。

瑠璃子は十五歳、毬奈は二十一歳。この年齢の女の子は、歳のちがいほどに軀のちがいはないのかもしれない。遊佐の眼には、瑠璃子と毬奈の軀が同じように見えて、それが動揺になったのだ。――俺は瑠璃子と同じような娘を抱いているのか!? そんな罪悪感をおぼえて。

遊佐は手早くシャワーを浴びて浴室を出ると二階に上がった。妻の寝室の前に立つと、呼吸を整えなければならなかった。

今夜の遊佐は、酒の酔いがまわるにつれて加寿絵に対する欲情が高まってきていた。欲情の火元は、嫉妬だった。くわえて罪悪感からの反動もあって、さらに欲情は猛々しいものになっていた。

そっとドアを開けると、中は暗かった。すべての明かりが消えていたが、闇ではなかった。室内のようすがうっすらと見えた。ベッドも、そしてその上で遊佐のほうに背を向けて眠っている妻の姿も――。

遊佐はドアを締めるとベッドに歩み寄った。眼が徐々に薄暗がりに慣れて、眠っている妻の顔が見えた。

夏掛けに手をかけると、ゆっくりめくった。加寿絵は眼を覚まさない。半袖の花柄のパジャマを着ている。横向きに寝ているため大きく盛り上がっている腰と、尻の重たげなまるみが、遊佐の欲情を煽って、早くも強張りかけているペニスをうずかせた。

遊佐はバスローブを脱ぎ落とした。下にはなにもつけていなかった。そろりとベッドに上がった。その気配を感じてか、加寿絵が遊佐のほうを向いてうっすらと眼を開け、すぐに見開いた。

「あなた！」

遊佐は妻のパジャマの胸元に手をかけた。

「なにするの!? やめて！」

遊佐がパジャマのボタンを外していこうとするのを、加寿絵が必死に拒もうとする。

「ずいぶん久しぶりだからさ、いいじゃないか」

「だめよッ、やめてッ、だめッ」

瑠璃子がいるので、大きな声を出すことも派手に抗うこともできない。声をひそめていやがり、必死に拒もうとしたのは最初だけで、遊佐を押しやろうとする加寿絵の手の力にも撥ねつけようとする軀の動きにも、加減が感じられる。

それよりも抵抗されて遊佐は興奮した。それも軀が熱くなるほどに。抵抗する妻の胸のうちに筒井翔平が見えたからだ。

パジャマの上着をむしり取ると、遊佐は乳房にしゃぶりついた。膨らみを両手で揉みたてながら、乳首を舌でこねまわしたり弾いたり、さらには口に含んで吸いたてたりする。

最初、いやッ、やめてッと拒絶の言葉を口にしていた加寿絵が、そのうちきれぎれに感じた喘ぎ声を洩らしはじめた。遊佐は軀をずらしていって、パジャマのズボンをショーツごと脱がしにかかった。

「だめッ。あなた、もう遅いからやめてッ」

加寿絵が両手でズボンをつかんで拒む。

なにが遅いだ、筒井のことを思っていやがってるだけだろう!

胸の中で毒づき、遊佐は強引にズボンとショーツをむしり取った。抗う妻の脚を両手でつかんだ。

加寿絵が脚に力を込めて締めつける。遊佐は力任せに開いた。

「いやッ」と妻がどこか悲痛な響きの声を洩らして腰を揺すった。その反応に、遊佐はカッと熱くなって逆上ぎみに興奮した。妻の股間にしゃぶりついた。

両手で肉びらを分けておいて、割れ目を舌で荒々しくまさぐった。舐めまわしたり舐め上げたり、そして肉芽や膣口をこねまわしたりした。

それでも加寿絵はほとんど反応らしい反応を見せない。遊佐はわかっていた。意地でも感じた反応はしないと必死にこらえているのだ。軀を硬くしているようすにそれが出ている。

遊佐も意地になった。持っているクンニリングスのテクニックを総動員して攻めたてた。――と、妻の軀からふっと力が抜けた。

「いやッ、だめッ……」

泣くような声を洩らしたかと思うと、たまりかねたように腰をうねらせる。

遊佐はなおも攻めたてた。クリトリスはすでにコリッとした感触が舌に感じられるほど膨れあがってきている。それを口に含み、吸いたてたりこねたりした。

「アアッ……アンッ……アアッ……」

加寿絵が抑えたふるえ声を洩らす。感じ入っているような声だ。それが徐々に切迫してきた。

遊佐の顎が密着している割れ目の、膣口のあたりがピクピク痙攣する。イク前兆だ。グッと恥丘が持ち上がった。内腿が硬直する。

「だめッ、イクッ——！」

呻くような声と一緒に妻の上体が反り返った。そのまま、オルガスムスのふるえをわきたてる。

遊佐は両手で肉びらを開いたまま、そこを覗き込んだ。すでに眼は薄暗がりにもすっかり慣れて、ジトッと女蜜にまみれて濡れ光っている粘膜がはっきり見えた。

遊佐は動揺した。不意に、カフェで筒井に見せていた妻の笑顔が脳裡に浮かんで、目の前にしている妻の秘苑が、遊佐の知らない女のそれに見えたからだ。

動揺が遊佐の中にサデスティックな欲情を生んだ。遊佐は怒張を手にすると、妻の股間ににじり寄った。亀頭で割れ目をまさぐった。

加寿絵は声もなく、硬い表情で顔をそむけている。表情も声も懸命に殺しているようすだ。それでも腰は微妙にうごめいている。

その腰の動きがよけいにたまらなそうに見えて、遊佐の欲情を煽った。遊佐は妻の中に押し入った。ヌルーッと一気に奥まで侵入すると、妻が苦悶の表情を浮かべてのけぞった。

遊佐は腰を使った。それに合わせて加寿絵が抑えた喘ぎ声を洩らす。その声が徐々に感泣に似てきた。

「いいのか」

動きながら遊佐が訊くと、悩ましい表情でうなずき、

「いいッ」

と、声にも出して快感を訴える。

ふと遊佐は複雑な気持ちに襲われた。筒井にもこういう表情を見せてそういってるにちがいない……加寿絵はいま、どういう気持ちなんだ？

そのとき妻の腰の動きに気づいた。遊佐の動きに合わせて、自分でも快感を貪るように腰をうねらせているのだ。

遊佐は妻を抱き起こした。キスにいくと、加寿絵のほうからしがみついてきて、せつなげな鼻声を洩らして熱っぽく舌をからめてきた。そればかりか、みずからクイクイ腰を振りたてる。

これには一瞬遊佐のほうが呆気に取られた。同時に、早まったことをしてしまったのではないか、という後悔が胸をよぎった。

妻の不倫を疑った遊佐は、思いあまって昨日、探偵社に調査を依頼したのだ。

といっても妻ではなく、筒井翔平の調査だった。探偵に妻の素行を調べさせるのは気が引けたのでそうしたのだが、筒井に対する怒りのせいもあった。

妻に対する引け目も、筒井に対する怒りも、それがどこからきているのか、遊佐にはわかっていた。自身の中にある、疚しさとその反動からだった。

そもそも妻の不倫の疑惑からして、疚しさを抱えている遊佐の歪んだ猜疑心から生まれたもので、不倫を証明する証拠はないに等しい。

俺の勘違いだったのか……そう思ったとき、加寿絵が感極まったような喘ぎ声を洩らした。

「あなた、だめッ。もうイク……」

怯えたようにいう。

「いいよ、イケよ」

遊佐がけしかけると、

「イクッ！」

というなり一層強く遊佐にしがみついて軀をわななかせる。

再度、正常位の体位にもどすと、遊佐は腰を使った。攻めたてるには程遠い、緩やかな動きになった。妻に対する疑惑が中途半端なままで頭に残っているせいだった。

4

その日、毬奈が大学の遊佐の部屋にやってきた。午後二時をまわっていた。毬奈がくることは、遊佐はわかっていた。午後の一限目の遊佐の講義が終わったあと、毬奈がやってきて、話があるので部屋にいってもいいかと訊くので、いいと答えていたのだ。

毬奈は気を利かせて、構内の自販機で買ってきたらしい自分のカフェラテと遊佐のブラックコーヒーを持ってきてくれた。

大学は明日から夏休みに入る。その前に話があるというのは、ひょっとして旅行にでも誘ってくるのか、それとも休み中どうやって逢うかの相談か……。

そんなことを思っていた遊佐だが、たがいに飲み物を一口飲んでから毬奈が口にした言葉は、遊佐の予想を裏切るものだった。

「先生、わたし、彼氏ができちゃったんです」

遊佐は唖然とした。予想外のことと同時に毬奈が事も無げにあっさりいったからだ。

「そうか……」

とっさにそういったものの、言葉がつづかない。

「ごめんなさい」

謝られてやっと、遊佐は苦笑いした。

「なにも謝ることはないよ。で、いつから付き合ってたんだね」

「付き合ってたのは、少し前から……」

「ぼくと関係ができた前？　それとも後？」

「ちょっと前……」

「なのにぼくと──ていうか、ぼくを挑発して関係を持ったのか」

毬奈があまり悪びれたようすもなくうなずく。

「どうして？」

「最初に先生にいいましたけど」

と毬奈がうつむいていう。

「その前に付き合った彼が最悪だったので、わたし、同じ年頃の男の子とのセックスには、引いちゃうところがあったんです。わたし自身、まだ中でイッたことがなかったこともあったりして。それで先生と……わたし、先生にはすごく感謝しています」

感謝か……。遊佐は内心つぶやき、また苦笑いした。

「で、彼氏と関係ができたってこと？」

毬奈がうなずく。

「いつ？」

「この前……付き合ってるうちに、彼はフツーのセックスができるヒトじゃないかって気がしてきてたから」

「で、フツーのセックスができて、毬奈も中でイケちゃったってわけか」

またうなずく。

つまり俺は、その橋渡し役だったわけだ。京田流にいえば、最高のセットアッパーだ。またまた苦笑してそう思っていると、毬奈が顔を上げて遊佐を真っ直ぐ見た。

「それでわたし、先生にお願いがあるんです」

「お願い？　なんだね」

遊佐は内心ちょっと身構えて訊いた。なにか面倒なことをいわれるのではないかという、警戒心から。

「最後に先生としたいんです、してください」

「え!?……」

遊佐は絶句した。まさに鳩が豆鉄砲を食らったような顔をしていた。

「したいって、いま、ここで?」

「ええ。最初がそうだったから……先生との思い出にそうしたいんです」

遊佐は返す言葉がなかった。冗談をいってからかわれているのかと思ったが、そうではないらしい。毬奈は真剣な顔をしている。が、急にふっと笑った。やっぱりと遊佐は思った。ところが毬奈が小悪魔的な笑みを浮かべたまま、椅子に座っている遊佐の膝にまたがってきた。

きみ、といった遊佐の口を、毬奈の口が塞いだ。毬奈のほうから舌をねっとりとからめてくる。それに遊佐も応じた。濃厚なキスになって、毬奈が甘い鼻声を洩らす。

ひとしきりキスにふけって、どちらからともなく唇が離れると、毬奈は興奮した表情で息を乱しながら遊佐の膝から下りた。

「先生も下だけ脱いで……」

いいながらタイトなミニスカートを脱いでいく。

いわれたまま遊佐も立ち上がってズボンを脱ぐ。若い毬奈に主導権を完全に握られている。ここは彼女の好きにさせるのもいいと思いながら、毬奈が真紅のハイレグショーツを下ろしていくのを見て、遊佐もボクサーパンツを取った。

ふたりとも下半身裸になると、毬奈が遊佐を椅子に座らせて、また膝にまたがった。

「いつだったか、先生のペニスでクリちゃんとか膣口とかコネコネされたことがあったでしょ」

いいながら、まだ半勃ちのペニスを手にする。

「クンニもいいけど、わたしあれ、すごくよかったの。だから、最後にしてみたい……」

そういって屈み込むと、亀頭を割れ目に宛てがって上下にこする。

確かにそういうことがあったのを、遊佐も憶えていた。挿入する前に亀頭で割れ目をなぶって、それもクリトリスや膣口をさんざんこねまわして焦らしたのだ。そうされたのが毬奈にとっては、遊佐との最後のセックスで求めてくるほど、よかったらしい。

現にみずからそうして毬奈は感じ入った声を洩らしている。

「ね、先生して」

いわれて遊佐は勃起してきているペニスを手にした。きれいな唇のような肉襞が、刺激で充血したせいだろう、腫れた感じになってわずかに開いている。その割れ目に亀頭を宛てがって、上下にこすった。

「アンッ、いいッ……アアンッ、気持ちいいッ……たまンないッ……」

両手で遊佐の肩につかまった毬奈が可愛らしい声で快感を訴えながら、たまらなそうに腰を振る。

遊佐は毬奈がいったとおり、亀頭でクリトリスと膣口をこねた。それも毬奈の反応を見て、イキそうになるとわざと的を外して焦らしたりしながら。

「だめだめッ、焦らしちゃいやッ……おねがいッ、イカせてッ」

毬奈が腰を律動させながら、泣き顔で懇願する。

「ほしい?」

遊佐は亀頭で膣口をこねて訊いた。

毬奈がうなずき返して、

「入れてッ」

ストレートに求める。

遊佐は腰を突き出した。ヌルッと亀頭が膣口に滑り込んで毬奈が驚いたような喘ぎ声を洩らした。遊佐は両手で毬奈のヒップを抱え込み、引き寄せた。窮屈な蜜壺の奥まで怒張が突き入って、

「アア～ン！」

毬奈がのけぞって嬌声をあげた。そしてすぐ遊佐に抱きついてきて、みずからクイクイ腰を振る。

「アアいいッ、先生いいッ、いいのッ」

息せききって快感を口にする教え子に、遊佐は思った。この可愛い顔と若いピチピチした軀を失うのは残念でたまらないけれど、そもそも恋だの愛だのという関係ではないし、それ以前に危ない関係なのだから、これでよかったのかもしれない……。

5

遊佐にとってはまさにダブルパンチを食らった感じだった。

もっとも毬奈を失ったことではほとんどダメージは受けなかったので、ダブルというのは当たらないかもしれない。

ただ、もう一つのパンチは強烈で、それもまともにテンプルを殴打されたようだった。


その翌日の夜、遊佐はバーのテーブル席でひとりバーボンをロックで飲んでいた。いつもは水割りにするのだが、今夜は薄めた酒を飲む気分ではなかった。

ここは常連というほどではないが、ひとりで飲みたいときにちょくちょくくるバーだった。長いカウンターがメインで、テーブル席は店の奥に二つだけ。店員はみんな男で、カウンターの中にバーテンダーが二人、外にウエイターが一人。いわゆるオーソドックスなスタイルのバーだ。

客はカウンターに四人いるが、テーブル席は遊佐だけだった。

遊佐は腕時計を見た。待ち合わせの時間は、午後八時。遊佐がバーにきたのは、十五分ほど前で、それからなんども腕時計を見ていた。重苦しい胸のうちと逸る気持ちのせいで、無意識のうちにそうしていた。

そしていま、やっと八時になった。だが相手はまだ現れない。それまでジリジリしていたのとはちがって、遊佐は苛立った。——と、八時を二分ほどすぎたとき、バーのドアが開いた。

店に入ってきた客は、筒井翔平だった。すぐに遊佐を認め、入ってきたときの硬い表情のまま、真っ直ぐテーブル席にきた。

「先生、お久しぶりです。お待たせしてすみません」

筒井は立ったまま、畏まって挨拶し謝った。

「ぼくもいまきたところだよ。座りたまえ」

遊佐の口調はひとりでにぶっきらぼうなものになった。

筒井はテーブルを挟んで遊佐と向き合って椅子に座った。遊佐が筒井を呼び出したのだが、その際筒井が用件を訊いても遊佐は「会って話す」といっただけで明かさなかった。そのとき筒井はすでに遊佐の用件がわかっていたはずで、だからいまも居心地わるそうにしている。

ウエイターが注文を取りにきて、筒井はウイスキーハイボールを、遊佐はバーボンのロックのおかわりを頼んだ。

酒がくるのを待っている間、ふたりとも黙っていた。筒井にとっては息苦しい沈黙のはずだ。緊張しきった表情で、ときおり大きく息をするようすを見せたり、喉が渇くのか唇を舐めたりしている。

やがて酒がきて、ウエイターが下がると遊佐は口を開いた。

「乾杯というわけにはいかないのは、きみも胸に手を当ててみればわかるだろう。勝手にやりたまえ」

「先生――」

筒井はいいかけてやめ、遊佐がテーブルの上に差し出した一枚の写真を見た。とたんに顔色を変え、狼狽しきって両手をテーブルにつくと頭を下げ、

「すみません、申し訳ありません」

呻くような口調で謝った。

写真は遊佐が筒井の調査を依頼した探偵が撮ったもので、そこには筒井が住んでいるマンションの玄関から見るからに仲睦まじそうに出てくるふたり――遊佐の妻の加寿絵と筒井――の姿が写っていた。

遊佐と筒井の間にまた重い沈黙が横たわった。筒井が沈黙に耐えかねたかのようにグラスに手を伸ばし、はじめてハイボールに口をつけた。というよりよほど喉が渇いていたらしく、喉を鳴らす感じで飲んだ。

努めて冷静を心がけようと肝に銘じ、自分でもそうしているつもりだったが、いざ筒井を目の前にするとそうはいかなかった。遊佐の気持ちはいまだかつてな

いほど乱れて荒れていた。顔が強張っているのが自分でもわかった。怒りのせいだけではなかった。昨日探偵から調査報告を受けて証拠写真を渡されて以降、その写真を見るたびにふたりが裸でからみ合っているシーンが頭に生々しく浮かんできて、嫉妬の炎に身を焼かれた遊佐だが、いまもそうだった。

遊佐はバーボンを一口飲んでから訊いた。

「いつからなんだ?」

「……一カ月くらい前からです」

筒井がうなだれたまま答えた。

「どっちが誘ったんだ?」

「それは……」

筒井は口ごもった。

「妻からか」

筒井は迷ったようすを見せてから、

「どっちからっていうんじゃなくて……でも、悪いのはぼくなんです。ある日偶然、街で奥さんと出会って、カフェのことを聞いて、それでぼくがカフェにいったんです。で……」

「で？」と遊佐は先をうながした。

「じつはぼく、学生のときから奥さんに憧れていたんです。で、何年ぶりかに会ったら、またそんな気持ちになって……そのこと、奥さんに話したんです。それがキッカケで、カフェが休みの日とかに奥さんと逢うようになって……」

肉体関係にまでいったということらしい。

「ぼくがこんなことをいうのは変ですけど、でも奥さん、先生のこと愛していらっしゃいます」

筒井がうつむいたまま妙なことをいった。遊佐は憤慨した。

「まったく変だよ。きみがどうしてそんなことがいえるんだ」

「ぼく、奥さんから聞いたんです。『これでもわたし、夫のことを愛してるの。それでいてあなたと関係を持つのは、セックスだけの関係だと割り切ってるからよ』って」

遊佐は動揺した。筒井の口を通してだが、思いがけない妻の言葉だった。セックスだけの関係と割り切って男と付き合う、というより付き合える妻の顔が見えない。遊佐の知らない、まったく別の女にしか見えない。

そのとき、『これでもわたし、夫のことを愛してるの』という言葉と一緒に先日の夜、遊佐が無理やりに行為におよんだときの妻の反応が頭に浮かんできてますます当惑し、気持ちが乱れた。

「それから奥さん、笑いながらいってらっしゃいました。『夫は昔から女性関係がけっこう多かったの。わたしが知ってるのもあれば、知らないのもあったはずだから。でもわたしはずっと知らないふりをしていたの、我慢して耐えてたの。それなのに夫のことを愛してるなんていうのはおかしいと思うでしょうけど、女性関係を除けば、夫は尊敬できる部分もあるし、なによりわたしや家族を大切にしてくれる、そういうところがあるの。だけどわたしだってもう歳だし、最後に少しくらい愉しませてもらってもバチは当たらないんじゃないかしら』って。先生にはよけい怒られるでしょうけど、そのときぼく、ぼくの都合じゃなく奥さんの気持ちがすごくわかって、『そうですね』っていってしまいました。すみません――」

長い話の最後に筒井は謝った。

遊佐は返す言葉がなかった。そればかりか話す言葉も見つからなかった。筒井との話がこんな内容になろうとは、遊佐自身まったく想ってもみなかったことだった。

結果、黙ってバーボンを飲むしかなかった。そんな遊佐に合わせたように筒井も黙ってハイボールを飲んでいる。すぐにグラスが空いて、ふたりともお代わりを頼んだ。そして、ひたすら黙って飲みつづけた。

何杯目かのグラスが空きかけたときだった。酔った遊佐の頭に、遊佐自身思いがけない考えが浮かんできたのは。遊佐は筒井にいった。

「筒井くん、もう少し妻と付き合ってやってくれ。もちろん、妻には内緒で」

酒に酔ってとろんとしている筒井の顔の中で、眼だけが飛び出さんばかりに見開いた。

「先生……」

啞然としたまま、筒井は言葉がつづかない。

「そのかわり、条件がある」

といって遊佐はバーボンを飲み干した。バーボンが胃に落ちていくと同時に頭がぐらりとした。

筒井と会ってから二日後の夜、遊佐は京田といつもの居酒屋にいた。

「発想としてはおもしろいし興味深いけど、それにしても変わったことを考えたものだな。それも文化人類学者ならではの、フィールドワーク的な発想がなにがしか関係してるかな」

遊佐から妻の加寿絵と筒井のことや、筒井と会って話した結果を聞いた京田は笑っていいながらも、さすがに驚きを隠さなかった。

一番の驚きは、遊佐の妻の不倫ではなく、遊佐が筒井に妻との関係の継続を条件付きで認めたことだった。

条件というのは、筒井は遊佐とときおり会って、加寿絵とのセックスのようすを遊佐に訊かれるまま報告すること、というものだった。

その条件を、筒井は呑んだ。理由は至極わかりやすかった。遊佐と酔っぱらって話しているうち、筒井が吐露したのだが、彼には熟女趣味があって、加寿絵とのセックスはハマッているらしく、すぐに別れるのはつらいというのだった。早い話が彼にとって、なにはさておき加寿絵との関係がつづけることさえできればよかったのだ。

ただ、遊佐はもう一つ条件をつけていた。妻との関係を遊佐が絶つようういったときは、筒井は文句なくそれに従うというもので、この条件も筒井は呑んだ。

どうして遊佐がこのようなことを考えたかというと、考え方としては賭けのような思考が、筒井と会っているとき酔った頭の中に浮かんできたからだった。

遊佐はこう考えたのだ。このまま妻の不倫を明かして夫婦が話し合うということになれば、まず離婚の可能性が高い。ただ、遊佐も妻も不倫はしているが相手を愛している。ならば少しの間、経過観察の期間を設けて、それによってどうするかの判断をしたほうがいいのではないか。

そこには京田にもいっていない、遊佐の思惑もあった。それはほかの男とセックスをしている妻を嫉妬の眼で見たり、自分がそんな妻を抱くときにあるだろう、いままでにない刺激や興奮を味わったりするような、歪んだ愉しみだった。

それだけではない。これは妄想の域だったが、展開しだいで、妻と筒井の情事を覗き見たり、果ては遊佐も加わっての3Pも可能になるかもしれない。

もっともそんなことまで想ったとき、さすがに遊佐自身、一体俺はなにを考えているんだろうと当惑した。

「こんなときいうべきことじゃないんだけど――」

と、京田が改まった表情と口調でいった。

「前からいおうかいうまいかって迷ったり、いっそのことわないほうがいいんじゃないかとか、いや遊佐に変な隠し事はいけないとか、俺としてはけっこう思い悩んでたんだ。でもいわないほうがなんか喉にモノが詰まってるような気がしてきてさ、いうことにしたよ。内緒にするつもりはなかったんだけど、結果としてそうなってしまって申し訳ない。じつは俺と令子、昔、そう、彼女が入社してまもない頃だから、もう十五年ほど前になるけど、関係があったんだ。仕事関係の女とは特別な関係にならないという俺のモットーに、唯一反して……」

遊佐は唖然としていた。ショックだった。が、憤りや不快感のようなものは不思議なほどなかった。京田がいうように、もう一昔以上前のことだ、とやかくいってもはじまらないという気持ちだった。

ただ、頭の中を、令子との関係であったこと、起きたこと、目の前にいる京田と一緒に……。それもとりわけセックスにからんだことが、つぎつぎに浮かんでは消えていった。

「つまりおまえさんが、彼女を女にしたというか、セックスのあれこれを教え込んだってわけか」

遊佐が訊くと、

「まあそういうことだな……」

京田はそういって照れ臭そうに笑った。

居酒屋を出て京田と別れた遊佐は、タクシーを拾った。時刻はまだ九時前だった。真っ直ぐ自宅に帰る気にはなれなかった。かといってさらに酒を飲みたい気分でもなかった。それよりも女を求めていた。

逢う約束はしていなかったが、タクシーの中から電話をかけて「これからいってもいいか」と訊くと、令子は「いいわよ」と快く応じてくれた。

遊佐を部屋に迎え入れた令子は、めずらしくトレーニングウエアのようなものを着ていた。上下とも白い色のTシャツにミニのフレアースカートという格好で、遊佐の眼にはそれが新鮮だった。

リビングルームのローテーブルの上を見ると手回しよく、シャンペンらしいビンが入ったクーラーとグラスが二つ置いてあった。

向き合って立っていると、令子が艶かしい笑みを浮かべて遊佐の首に両腕をまわしてきた。

「今夜は、わたしをいじめたい気分なんでしょ」

色っぽい眼つきで遊佐を見て訊く。

「どうしてわかる？」

驚いて遊佐が訊くと、

「さっき、遊佐さんより前に京田さんから電話があったの。そういえばわかるでしょ」

身をくねらせながらいう。

「ああ。京田にいろいろ教え込まれたらしいな」

遊佐は両手で令子のヒップを撫でまわしながらいった。

「妬けちゃう?」

色っぽさを通り越して凄艶な眼つきで令子が訊く。遊佐が撫でまわしている尻がヒクついてうごめいている。スカートの生地が薄いので、遊佐の手には裸の尻をそうしているような感触がある。

「ああ妬けるよ、たまらないほど」

いうなり遊佐は令子の唇を奪った。濃厚なキスをしかけながら、手をスカートの中に差し入れ、さらにショーツの中に滑り込ませた。

令子がせつなげな鼻声を洩らして熱っぽく舌をからめ返してきながら、陰毛を撫でて割れ目に這っていく遊佐の手に、腰をくねらせる。

遊佐が電話をかけてから令子の部屋にくるまでの時間は、せいぜい二十分あまりだ。その間に兆してきていたとしか考えるほかないのだが、すでに割れ目は驚くほど濡れている。

「すごいよ。洪水だ」

唇を離して遊佐がいうと、割れ目をこすっている遊佐の指に合わせて腰を振りながら、令子が熱い喘ぎを洩らす。

「いじめられるのを期待して、濡れていたんだろ?」

訊くなり遊佐は指を蜜壷に挿し入れた。

令子が呻いてのけぞった。

「アアッ……イ、ジ、メ、テッ」

苦悶の表情を浮かべてきれぎれにいう。同時に名器がエロティックにうごめいて遊佐の指をくすぐり、くわえて込んでいく。

その煽情的な感覚に興奮と欲情をかきたてられながら、遊佐はふと妙な気持ちに襲われた。どこか女の性の迷宮のような世界に誘い込まれていくような、そして妻とのこれからのこともそこにあるような……。

＊この作品は、書き下ろしです。また、文中に登場する団体、個人、行為などは実在のものとはいっさい関係ありません。

好色な愛人

著者　雨宮　慶

発行所　株式会社 二見書房
東京都千代田区神田三崎町2-18-11
電話　03(3515)2311［営業］
03(3515)2313［編集］
振替　00170-4-2639

印刷　株式会社 堀内印刷所
製本　株式会社 村上製本所

落丁・乱丁本はお取り替えいたします。
定価は、カバーに表示してあります。

ISBN978-4-576-20080-4
https://www.futami.co.jp/

伯母の布団

MUTSUKI,Kagero
睦月影郎

祖父の家に遊びにきた亮太が寝ていると、伯母の奈緒子が浴衣姿で添い寝し、体の隅々を触らせてくれた。五年後、高校生になった彼は再び高輪の家を訪れることに。夜、五年前と同様に彼のところに来た伯母。今度は彼女の中に入れさせてくれた。翌日、余韻を噛み締めながら、仏壇のある部屋に入った亮太にある変化が……。超人気作家による傑作官能！

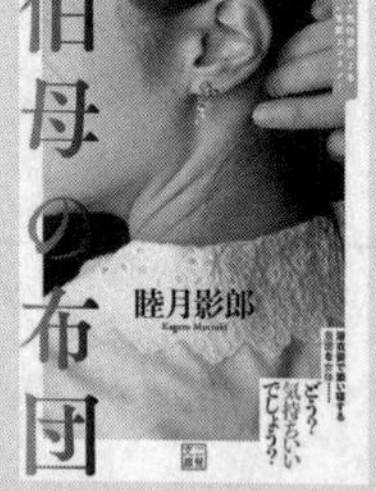

淫ら奥様 秘密の依頼

HAZUKI,Sota
葉月奏太

無職の真澄は、交通事故を目撃。現場のそばに落ちていた保険証を元に「夏樹」という人間の豪華マンションに侵入してしまった。ちょうどそこに未亡人だという女性が来て「うちの子は見つからないのか?」と。咄嗟に夏樹の振りをする真澄だが、女性は彼のズボンを下げてきて、事情がつかめないまま真澄は……。今一番新しい形の官能エンタメ書下し!

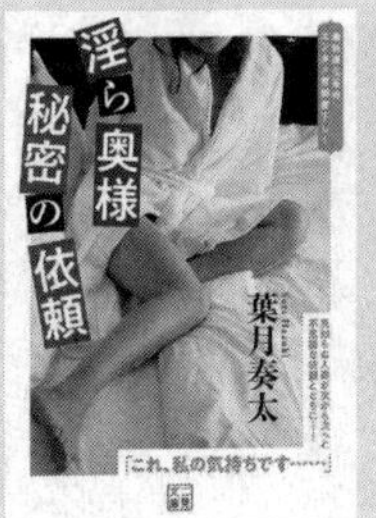

人妻 夜の顔

SAKURAI,Makoto
桜井真琴

正一郎は、数年前に妻を亡くし、夫婦でやっていた居酒屋は彼を慰めようとする常連で成り立っていた。そんななか、近所の神社で、お参りをする美しい人妻・沙織と出会う。夫との倦怠期で家出中だと言う彼女。彼女の誘いで一線を越えた二人だが、しばらく泊めてくれと沙織が言いだした。実は彼女には秘密があって——。俊英による新世代の書下し官能！

人妻 背徳のシャワー

AMAMIYA.Kei
雨宮 慶

高校時代にフラれ、それを引きずってきた男は今やＩＴ企業社長となった。そこにその女性から借金の申し入れが。男はここぞとばかりに体による代償を求めるが、実は裏が（「想定外の人妻」）。人妻の主任が、純情そうな部下の男を誘惑し、筆下ろしを行なうが意外な展開に（「童貞の誘惑」）ほか、夫以外の男と人妻の午後の秘密をエロティックに描いた究極の人妻官能作品集!!